最後的北極熊

THE LAST BEAR

漢娜・戈德——著
Hannah Gold

列文・平弗德｜繪　謝靜雯｜譯
Levi Pinfold

獻給我的父母、
這個星球
以及世界各地的北極熊

N 北
W 西
E 東
S 南
BEAR'S CAVE
熊熊的洞窟
HEART-SHAPED LAKE
心型湖泊
JAGGED CLIFFS
參差不平的峭壁
CABIN + WEATHER STATION
小屋 + 天氣觀測站
ARRIVAL POINT
抵達點
TROMSO, NORWAY 332 mi
特羅姆瑟
挪威
332英里

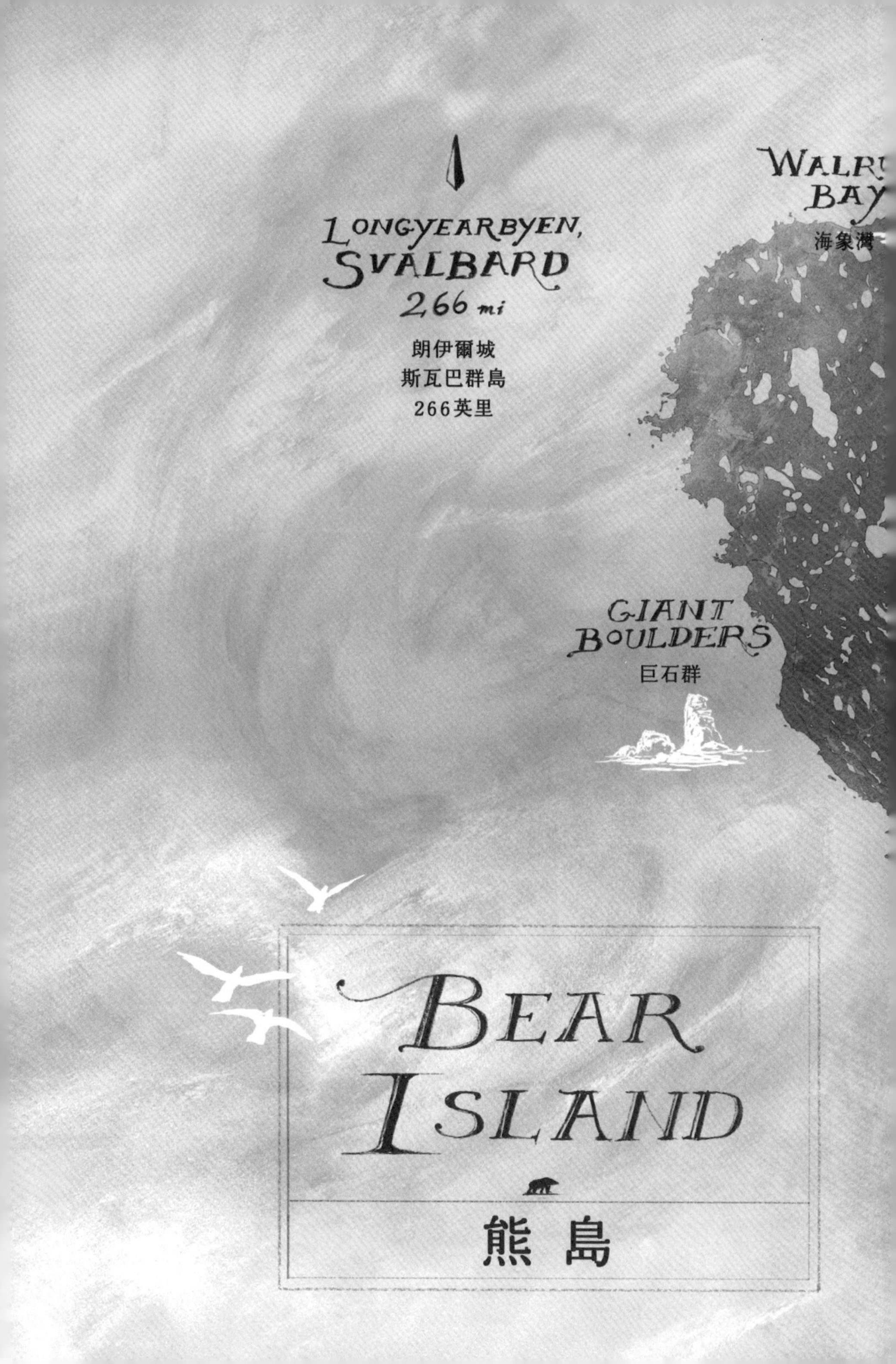

LONGYEARBYEN,
SVALBARD
266 mi

朗伊爾城
斯瓦巴群島
266英里

BAY
海象灣

GIANT
BOULDERS
巨石群

BEAR ISLAND

熊島

目次

CHAPTER

01

來信

The Letter

我們要去北極圈了。

We're going to the Arctic Circle.

艾波‧伍德抵達熊島整整三個星期之後，面對面遇見了北極熊。在那之前，她必須先到熊島，而那趟旅程大約啟動於四個月以前。

在那之前，艾波每天過著正常的生活，不過她會同意這種「正常」有點古怪。她爸爸是附近大學的科學家，把時間投注在研究氣候模式。就像天氣，爸爸會在最難預料的時間回家和出門——有時候晚上十一點回家，或在艾波放學的時候出門。有時週末上班，接著週間休假三天。即使休假，爸爸也會將自己關在書房，將臉埋在蒙了灰塵的舊書裡，那些書的字小到讀了眼睛會痛。艾波端茶或晚餐給爸爸的時候，爸爸會搖搖頭、摘下眼鏡，好奇地瞇眼看她，彷彿完全忘了自己有個女兒。「噢，謝謝。」接著繼續低頭，咬著筆，艾波隨即溫柔地把門帶上。

媽媽過世的時候，艾波四歲，無論何時艾波想到媽媽，就像是想起曾經擁有的美好夏日假期。爸爸不曾再婚，從屋裡的狀況就看得出來。這棟房子高高瘦瘦，外觀看起來有點不開心，裡面感覺總是冰冰冷冷。所有東西都蒙著一層薄薄的塵埃，有種缺了什麼的糟糕感覺——艾波一直不知道要如何把這種感覺化為文字。

艾波在後院裡消磨大多數的時光，後院雜亂的懸鉤子灌木住了都市狐狸一家，其中一隻特別讓她著迷。艾波替這隻狐狸取名為「勇敢之心」，牠看起來比其他狐狸還大膽，有一次**幾乎**從艾波手中吃了一些草莓。待在院子的時間總是過得飛快，只會被上學打斷。艾波不喜歡學校，或者說學校的女生們不喜歡艾波。不知道是因為艾波身上有狐狸的氣味，還是因為她是班上最矮小的女生，或者是她用園藝剪刀修剪頭髮。不管是哪種原因，艾波都不在意，比起人類，她更喜歡動物。動物更加善良。

接著，那封信寄來了。

當時艾波盤著腿，坐在地上吃穀片，爸爸在客廳另一頭，拿著一塊滴著柑橘果醬的烤吐司，讀著當天的報紙。十一月底，當郵件重重落在腳踏墊時，艾波衝到門口。也許會有艾柏絲奶奶寄來的聖誕卡片。喜歡提早寄出卡片的奶奶，是艾波的最愛，奶奶身上有酥皮甜點的溫暖氣味，而且住在海邊。

郵件沒有聖誕卡片，但有一封標示**政府正式公務**的厚厚信封，蓋有挪威的郵戳。

艾波把信封放在爸爸的吐司旁，爸爸心不在焉地拿起來咬了一口。當爸爸意識到那是什麼，臉上掠過滑稽的表情，就像有人對他的雙眼施了魔法。

「什麼事呢？」艾波問。

「我們要去北極圈了。」爸爸讀信，快速眨眼，「我得到這份工作了，老實說，我本來以為不行——我以為他們會選當地人。看來，我針對大氣科學研究的報告打動了他們。在一座小島上的氣象觀測站，距離挪威大約一天船程。」

艾波跳上跳下，「什麼樣的島？那裡住了多少人？」

「啊，不是那種島。」爸爸窘迫地往下看，「事實上……那裡除了我們，沒有別人。」

「只有我們兩個？」某種興奮的感受竄過艾波，「獨自在一座島上？」

坐在椅子上的爸爸，身體向前微傾。「想想我們會有的冒險，就像以前到南極探險的史卡特[1]。那座島跟這裡完全不同——那裡有內陸湖泊、山、溪流。想像一下，那裡是最後一片未知的領土，不會有汽車、火車、飛機，連馬路都沒有！是純粹原

---

1 譯註：Robert Falcon Scott（1868-1912）是一位英國海軍軍官和極地探險家，曾經帶領兩支探險隊前往南極地區。

始、未受破壞的荒野。」

爸爸不需要再說，艾波的想像早已馳騁。他們不只要到北極圈，還會共度許多時光。只有他們兩人。他們可以一起做好多事——像是堆雪人、滑雪橇下山，還有——

「當然了，我在那裡的工作非常重要。」爸爸一臉嚴肅，艾波的內心微微崩解。

「你要做什麼？」

「研究全球暖化對北極造成的影響，挪威政府希望有更準確的資料，我要監測數據半年。」

對於冰帽融化，艾波有一定的瞭解，和獵殺狐狸一樣，是讓她同時覺得憤怒和無力的事情之一。

「那學校怎麼辦？」艾波問。

「艾波，」爸爸湊上前說：「你在北極半年能學到的，比你上學六年更多。」

爸爸雙眼發亮，臉頰透著兩團紅暈。興奮的感覺再次竄過。

「我們什麼時候出發？」

不是每個人都很期待。奶奶一天至少打電話三次，說他們多麼魯莽。冰天凍地的低溫，跟摩天大廈一樣高聳的海浪，她在大衛・艾登堡爵士[2]的紀錄片裡看到尖銳獠牙的殺手海象，還有孤島潛伏的種種危機。要是他們碰上什麼危險，那裡沒有醫院，沒有家庭醫師，完全沒有其他人。

奶奶說，那裡不適合十一歲女生，尤其像艾波這樣個性敏感的女生。爸爸向來忙於工作，艾波沒人管束已經夠野了。前往一座荒涼的小島——甚至不是天氣晴朗的島嶼——對艾波好嗎？

不過，爸爸有時候很倔強，只是假裝沒聽到。

「老天，艾德蒙。」奶奶沮喪地對爸爸吼道：「那裡叫作『熊島』，要是她被熊吃了怎麼辦？」

雖然爸爸拚命要奶奶放心，說熊島上沒有熊。奶奶完全聽不進去。

---

2 譯註：David Attenborough（1926-）自然歷史學家、作家，更是全球知名的自然科學家。

「如果你看到北極熊，**記得拔腿快逃**。」奶奶說。

他們在四月一日踏上第一段行程。先搭飛機到奧斯陸，再轉機前往特羅姆瑟小鎮——然後從那裡搭船到熊島。飛機起飛，轉向朝北的時候，艾波將臉貼在窗戶上，俯瞰著逐漸消失的家鄉。

這就是了。

他們就要前往北極圈了。

CHAPTER

02

熊島

Bear Island

你了解世界的這一端嗎？

What do you know about this part of the world?

「你知道你爸爸很不負責任吧？」

突然響起的聲音嚇了艾波一跳，手肘撞上金屬欄杆。一隻在吃她手裡麵包屑的海鷗，憤慨地嘎嘎叫著飛走。

她旁邊出現一位男生，是之前在特羅姆瑟碼頭貨場，將爸爸的全套莫札特唱片跟唱機，抬到有點生鏽的挪威貨船上時，大聲咒罵的男生。他是船長的兒子，也許比艾波大個兩、三歲。男生身上混合海水、引擎機油，以及一種艾波認不出來的氣味。打從他們離家以來，一切都不同——更野性、更空盪，也許這個男生的氣味一點都不會不尋常。

不過，這不會讓他的那句話變得可以接受。那些不值得費心回應。不只如此，為了避免嘔出稍早吃下肚的花生三明治，艾波不大敢開口說話。

「如果我是你，我會躺下。」男孩指著塞在船頭下方的板凳，「對暈船有幫助。」

艾波狐疑地看著硬梆梆的木頭板凳。當船隻再次激烈起伏，她朝板凳小步走去，躺了下來，雙眼只對著天空看。窩在這裡，至少可以避開毫不停歇的風。風扎得她滿臉通紅腫痛。她以為那個男生會消失蹤影，但他只是靜靜坐在板凳末端，摳出指

甲裡的塵土。

「他不是沒有責任感。」艾波反胃的感覺終於緩和下來，「他是**科學家**。」

「那更糟糕。」男生說，轉頭面向她。

「我爸說從一九一八年起，就有人在島上的天氣觀測站工作了。」

「對！可是不是……女生。」

「我不知道你幹嘛用那種語氣說**女生**。」艾波憤慨地坐起身，「只是因為我不是男生，不代表我弱小。我以前為了救鄰居的貓，爬到我們家後院的馬栗樹上！」

男孩沒有回答，只是發出肺腑而痛快的笑聲。他展開雙臂，指向廣闊無邊的斑駁天際，海水洶湧翻騰，感覺根本不在地球上。「你了解世界的這一端嗎？」他笑完後問：「你來過這麼北的地方嗎？」

「我知道你是個沒禮貌的男生。」艾波說，「而且我知道如果我是你，我會熱心告訴你之後可能會碰到什麼情形。況且，我不怕未知。」

男生臉上的表情變得柔軟。「我叫托爾。」他一面說，一面伸出手，「別在意，我跟爸爸在海上生活太久，久到忘了怎麼當人類。」

「艾波。我叫艾波．伍德。」

艾波跟托爾握握手，托爾的手摸起來像是老繩索，給人某種奇特的安心感，就像一隻可以將她拉出泥沼的手。

「危險嗎？」她小聲問。

「那裡是荒野。」托爾說：「所有野生的東西都很危險。」

「沒有北極熊吧？」

托爾搖搖頭。「很多年沒有了。幹嘛一臉難過？北極熊不是友善的動物，牠們不是寵物，會把你這樣的女生活活吃掉。」

艾波假裝盯著大海，而不是看著他傻氣的笑容。

「對了，我看不懂你對海鷗耍了什麼把戲。」

「什麼把戲？」艾波轉回去面對他。

「你怎麼讓牠吃你手裡的東西？」

「那才不是把戲。」艾波對托爾的推斷感到不悅，「我只是讓動物覺得在我身邊很安全。」

托爾挑起一眉，臉上表露什麼，讓人忍不住想往下聊。

「重點是傾聽。」艾波一面解釋，一面摸著自己的心，「從這裡。」

「你不一樣。」托爾說。

「所以，我不**只是**個女生嘍？」

托爾綻放笑容，如此燦爛，艾波忍不住以笑容回報。

「登島後就無法離開，知道吧？」托爾壓低嗓音，「要等六個月後，我們來接你們才走得了。」

艾波察覺托爾話中有話。她很會隱藏真正想說的話，尤其在爸爸身旁；當其他人也這麼做，她可以很快察覺。她等托爾說出口，不管是什麼，她寧可先知道。托爾只是從外套抽出一根短鉛筆，在信封背面，草草寫上數字。

「熊島是個難熬的地方。你要當心，艾波·伍德。如果需要幫忙，撥這支電話。」

艾波無法想像為什麼會需要托爾，但還是把號碼塞進外套口袋，以免萬一。她看著托爾回到船員伙伴身邊，他們的四肢強壯結實，雙手因為風吹日曬而乾裂，一臉堅忍。相較之下，爸爸看起來像是羊皮紙做的。自啟程以來，爸爸把自己關進艙房，四周擺滿書本，為新工作做準備。因為知道爸爸不想被打擾，也因為艙房瀰漫的鯖魚氣味，艾波躺回板凳，不知不覺睡著了。

「看到陸地了！」這聲呼喚就像教堂鐘聲，回音傳遍整艘船。「看到陸地了！」

艾波勉強坐起來，頭因為作夢而昏昏沉沉，得眨眨眼，確定前方視線。托爾站在甲板上，就在她前方，掌心往外伸，上頭放了一大塊麵包。托爾仰頭望天，臉上掛著艾波頭一天上學，那種懷抱希望的表情。表情裡好似有什麼，讓艾波對他起了好感。

「身體稍微放鬆，不要憋氣。」

「像這樣嗎？」托爾放下緊繃的肩膀，手臂放鬆。

「裡面要放更鬆。想像你是水做的，柔軟、溫和。這就對了。放慢，放輕。不要動。牠就在你上方，安靜，然後——」

「托爾！」船長從甲板另一側大喊，那隻海鷗嘎嘎叫，迅速衝上天空。

艾波頓時往後退，她摸不透船長，他不同於以前遇過的所有人。

「我希望你沒打擾到客人。」船長好奇地瞥了一眼托爾手中的麵包，「船頭需要你幫忙。」

托爾丟下麵包跑開，船長的目光掃過艾波。艾波屏氣凝神。船長臉上有點兇狠，彷彿狂野的北冰洋，分不清人和海的邊界，忘了自己終於何處，而大海從哪裡開始。艾波難得對自己的身高感到慶幸；她的高度讓自己隱於無形。

船長沒再多說一字，大步走開。艾波如釋重負，長吐一口氣。

在她四周，船員們在甲板上穿梭，快速且有效率地工作。她看不到托爾，但怎樣都不可能漏了爸爸。爸爸在船首往前探，身上穿著粗花呢外套和熨燙平整的西裝長褲——對冰凍的氣溫毫無所覺——肅然起敬地盯著海平線。艾波小步跑近，即使海水的氣味撲鼻而來，還是聞得到一股熟悉的味道：爸爸喜歡的茴香糖。

「爸？」

「我們到了，艾波！我們到了！」爸爸的視線未曾移開，「我們辦到了。」

爸爸指著什麼。除了海沫、金屬色的滾滾浪濤，以及他們正要進入的未知，艾波什麼也看不見。

「很美吧？」

島嶼終於進入視線範圍，就像轉動望遠鏡的對焦環，突然間一切變得清晰鮮明。

「熊島。」爸爸壓低聲音，語氣裡滿滿的敬畏和驚奇。

CHAPTER

03

時間的饋贈

A Gift of Time

她跟牠們之間有種罕見的默契。

She had a rare affinity with them.

「這就是了。」爸爸站在強風吹拂的海灘上，四周淨是貨箱和行李箱，抬頭張望問道：「你覺得如何？」

艾波的嘴唇嚐到海水的味道，睫毛沾了點雪花，這座島被濃重溼漉的霧氣籠罩，什麼也看不見。這都不足以阻擋嗡嗡竄過她血管的震顫電流。他們成功來到這裡了。

他們真的**在**北極圈了。

她彷彿跨越了地球上某種無形的疆界。比起家鄉的公園、樹籬、肥沃的綠色鄉間，這裡的土地光禿貧瘠，放眼望去，能夠看見的唯一野生物種，就是從積雪中冒出的深色荊豆。島的遠方，她可以看到三座又高又陡的花岡岩山巔，天空彷彿是往上延伸至太空的階梯。

一切皆是那麼地寒冷。這種冷會鑽進衣服底下，讓你從裡到外打起哆嗦，渴望熱水袋隨手可及。

「如何？」爸再問一次。

艾波提起身邊的貨箱，仰望天空，伸出舌頭接雪花。「我們去探險吧！」

接下來幾個小時，他們忙著以一台手拉雪橇，將物品拖過半英里來到住處，他們的新家由兩間小木屋組成；一間是睡覺用的，另一間較大的是研究氣象的地方。它們看起來就像艾波見過的挪威房屋——尖尖的屋頂、上漆的木板，散發魔幻的童話感。唯一煞風景的是附近負責供應電力的低矮發電機。

他們生活起居的木屋只有一層樓，外側一扇門通往小小迴廊，他們在那裡脫下外套、圍巾，甩開嚴寒冷冽的空氣。另外一扇內門通向橢圓形房間，那裡有高聳的拱形天花板、開放式火爐，以及兩張老舊沙發。室內的一個角落放著狹窄的書架，擺了幾本翻舊的書籍，以及僅供緊急狀況使用的衛星電話。對面角落裡，有個小小的廚房，通往乾式儲藏室，層架塞滿足以撐過六個月的罐頭食物和必需品。

前幾任居住者留下的東西，散落在主要起居室。插著菸屁股的煙灰缸、落單的紅手套、零星的幾張紙和一支舊滾珠原子筆。**真正**攫住艾波視線的是釘在牆壁上的島嶼地圖。世界地圖裡的熊島，不過是個小如筆尖的點，座落在挪威以及鄰近北極的斯瓦巴群島之間。（雖然嚴格來說，熊島是群島的一部份，但相距之遠，幾乎像是兩個不同的地方。）熊島好小，除非你知道它在那裡，不然根本不會看見。艾波

對這點頗有共鳴，大多數人通常不會注意到她。

雖然艾波早已知道這些，但還是湊上前。島從最北端到最南端大約十二英里，寬度差不多十英里。北側有群山，南側主要是低地平原，有個紅色十字標出氣象站的位置。小島像是一座寶庫，有小海灣、海灘、內陸湖泊，當然還有她在沙灘上

遠眺的三座山——在接來的六個月裡可以好好調查和探索。即使**真的**沒有北極熊，還是有北極狐、幾千種罕見的海鳥，也許會有定期遷徙的鯨魚。最棒的額外好處是或許能和爸爸共度每一天。

「爸！看看我們可以一起做的事！」艾波氣喘吁吁地說：「明天可以到山上滑雪橇嗎？」

艾波以為爸爸還在屋內，轉過身卻發現，除了她講話的回音之外，什麼也沒有。艾波壓下失望的感受，望著窗外，看見爸爸走進氣象小屋，隨手關上門。

艾波發出深深的嘆息，溫暖的氣息讓窗戶起霧。這只不過是第一天，她嚴厲地告訴自己，重要的是爸爸必須先站穩腳步。沒必要覺得難過，眼前足足有六個月的時間，他們整個夏天都會在一起。她將窗戶抹淨，挺肩，決定開箱整理行李。

一個小時左右過後，艾波在沙發上打盹，沒聽到聲音，直到爸爸站在她面前，粗聲咳嗽，清了清喉嚨。艾波睜開眼便看見爸爸若有所思的目光。

「爸！」

爸爸用手耙過凌亂的頭髮，又清了喉嚨兩次，將一個包裝整齊的禮物塞進她的手裡。

艾波沒有很意外，爸爸總是習慣在預期以外的時間送禮。這個作法幾乎（但不完全）補償了他對生日的心不在焉。艾波打開禮物，迎面是一支猶如銀色月光的纖薄手錶。

「我知道……」爸爸小心斟酌，「我知道除了我們之外，這裡沒有別人，我知道這樣的轉折滿不尋常的，也許不是大多人都贊同，至少你奶奶沒有。」

艾波皺了皺臉，想起奶奶在機場潸然淚下。

「不過，這裡有很多令人驚奇的地方。幾個世紀以來，人們被吸引至此，有些人為了科學而來，有些人為了探索而來。有的則懷抱連自己都不明白的理由而來。」爸爸嚥了兩次口水，看起來突然像他的舊書一樣輕薄脆弱，「也許這就是我來這裡的原因——找回失去已久的什麼。」

爸爸好不容易找到接下來要說的話，聲音有點哽咽。「*Friluftsliv*」他說，而艾波困惑地望著。「英文是個非常實用的語言，但有時候描述不了某些經驗——或某些人。這個挪威字有『自在徜徉天地間』的意涵。字面上的意思是指『戶外生活』。」爸爸的表情變得柔和。「這個字讓我想到你……你花這麼多時間在院子裡。有時候我會從書房窗戶看著你，我……我發誓看到了媽媽。」

艾波點點頭，一口氣緊緊憋在胸口某處。她不知道爸爸會看著她，這讓她的腸胃翻攪鼓動。

「你媽媽也很愛動物，尤其是野生動物。她跟牠們之間有種罕見的默契。她甚至說牠們會講話——大多數人都忘了怎麼傾聽。就是那樣，她……和別人不一樣。總之，我想講的重點是，她會很喜歡這樣的地方。這支錶是她的，我想這樣至少她也能跟著體驗。」

「*Friluftsliv*」艾波輕聲複述。這個字聽起來像是美人魚、魔咒森林，或是什麼在人類世界之外、藏有魔法的東西。

艾波對媽媽的記憶相當模糊。可是她確實記得媽媽用鮮紅色茶壺泡熱可可，他們三人會坐在艾波床畔，配著雛菊造型紙盤上的卡士達奶油餅乾，一同享用。在那段時間，家裡充滿歡笑而不是悲傷，爸爸會記得親吻她、和她道晚安。爸爸媽媽不說床邊故事，而是輪流跟她分享世界上形形色色的動物——遊蕩在非洲平原上的象群；出沒在亞洲山間，罕見的西伯利亞虎；為了度過南極漫長嚴冬而窩在一起，外表威風的皇帝企鵝。有些動物如此奇特，如此不尋常——像是全身遍布鱗片的穿山甲——很難相信那不是瞎編的。當爸媽的聲音如溫暖的光芒盈滿艾波的心，她會面帶笑容進入夢鄉，夢見地球上的許多奇景。

這陣子以來，爸爸很少聊起媽媽，更不用提睡前的床邊故事。這支送她的錶，就像爸爸用溫暖舒適的手捧住她的心。

「*Friluftsliv*」艾波發現喉嚨突然堵堵的。

幾秒鐘後，她才想到要去看時間。

晚上十一點。

艾波抬起頭，但爸爸已經回到他的臥室，艾波聽到莫札特的唱片開始緩緩旋轉播放。這是爸爸婚禮的曲子之一，艾波從來無法確定，爸爸聽了會更開心還是不會。

艾波無事可做，回到臥室，用力推開窗戶，冰冷的空氣狠狠震撼著她，讓她肺部發疼。爸爸說這裡即使是夏季，高溫也不會超過零度，她很慶幸他們帶了很多件衣服。霧氣已經散開，露出一片斑駁的藍色天際，她詫異地瞇眼環顧。雖然太陽接近地平線，世界卻明亮如日正當中，一點夕陽西下的跡象都沒有。莫札特的樂曲在隔壁哀傷地播放著，心滿意足的輕嘆從艾波唇間溜出。儘管他們度過漫長的一天，跋涉好久才來到這裡，但艾波不覺得疲憊。她的肚子裡有種鼓譟的泡泡啵啵冒著，就像聖誕夜會有的感覺。她真心想要往外探險。

她的視線越過遠處的山脈，左側狂野的大海，往前延伸無止境的覆雪大地。然後她又多看一眼。地平線上某個背光處，一個輪廓動了一下，就在她眨眼的一瞬間。動作之快，她幾乎就要錯過。某個外型龐大，大步走動，最出乎意料的什麼。

該不會是……？

艾波再次眨眨眼。不管是什麼，都不見了。

但艾波可以發誓，她剛剛看到了一頭北極熊。

CHAPTER

04

探索

Exploration

這裡就是媽媽總是提及的遼闊世界。

Here was the wide world her mother had always talked about.

「我要去探險了。」艾波宣布。

正式來說，今天才算是第一天。艾波等了一整個早上，等爸爸主動提議一起散步或是來一場探險。午餐時間到，艾波不想再閒著沒事，於是套上雨鞋，戴上紅帽，穿上連指手套，態度明確地朝爸爸瞥了一眼。

「嗯哼？」爸爸全神貫注檢視前一任研究者留下的資料檔案，沒注意到艾波視線的重量。「我得趕快開始觀測氣溫，不用等我，你自己去吧。」爸爸四周擺滿看起來份量十足的工作日誌，朝艾波的方向隨意揮手，表示只要不吵他，艾波要做什麼，他都不會在意。

「你確定你不想來？」艾波將鼻子抵在窗戶玻璃，「外面看起來……很完美。」

「改天吧，艾波。」爸爸頭也不抬，「也許等我沒這麼忙。這裡的工作比我原本預期得還多。」

艾波猶豫地往後一瞥，信步走到屋外。太陽懸在空中，照在雪地上產生星塵般的反光，冰凍帶來的震撼依然令她驚訝。冷冽沿著防水夾克的側面往下，爬過她的皮膚，滲入她的骨裡。儘管如此寒冷，或者正因為這麼寒冷，空氣相當潔淨。有股氣味讓她想起洗淨的床單，或是暴風雨過後，海邊的味道。

這種味道如此美好，她好想暢飲。

她深吸一口氣，朝著她認為自己看到北極熊的大概方向出發。常識告訴她，可能只是這一帶獨有的特殊光線引發的幻覺。這並不會阻止她前往探查。

跟一隻北極熊共享一座荒涼的島嶼，這個念頭可能會嚇到一些孩子——可是嚇唬不了艾波。她連想到害怕都沒有。事實上，她的感受恰恰相反——興奮感閃閃爍爍，彷彿有人灑下亮粉。這裡就是媽媽總是提及的遼闊世界，這一刻，艾波真的在此生活。

可是一個小時後，她上氣不接下氣，希望逐漸幻滅。雖然地表狀似平坦，但她不只一次誤踩深到出乎意料的雪坑，弄掉了一隻雨鞋。她穿著保暖衛生衣、薄薄的棉質套頭上衣、刷毛毛衣和藍色防水長褲（這些是派發給她和爸爸的標準裝備）。她另外套上一件紅色防水夾克，還有嶄新的彩虹雨鞋。儘管如此，她的襪子還是濕透了，鼻子凍得通紅，眼睛因為風吹而分泌淚水。

「哈囉！」她喊道，在這片空蕩蕩的地景裡，她的聲音聽起來很古怪，也很尖細。「有人在嗎?!」

她豎起耳朵傾聽，但除了輕柔的落雪聲、遠處的海濤吼聲，什麼也沒有。和家鄉截然不同——隨時有車流嗡鳴，飛機轟隆劃過天際，汽車引擎嗆人的煙霧和廢氣；街上幾百萬人匆匆走過，急著趕去某地。甚至也跟奶奶的農場不同：那裡種滿蘋果樹，枝葉隨著微風窸窸窣窣，烘焙的香氣，遠方藍綠色海灣孩童的嬉戲吶喊。

這裡一切都靜悄悄。不曾開發。就像無意間踏入的一張照片。除了尖聲鳴叫的海鷗——還有很多她不認得的海鳥——這裡有生命的唯一證據就是她在雪地上踩出的腳印。腳印在她背後盤旋而上——好似一條麵包屑小徑。這是一個空曠之地，一個如果沒有人可以分享，會感到非常寂寥的地方。也許這就是托爾警告她的，一種處於地球邊緣的感受。如果她抬起頭，感覺可以從這個世界望見另一個世界。

艾波繼續走了兩個鐘頭，冷到無法再繼續走，鼻子感覺快要掉下來。她一直睜大眼，留意足以證明北極熊存在的任何證據——像是糞便、被獵殺的海豹，或是掌印——任何可以解釋她昨晚看到的景象的東西。

就是看不到一絲北極熊的跡象。

「這裡為什麼叫作『熊島』？」艾波在那天晚餐時問。她回到住處，一直待在火爐邊取暖。「如果這裡沒有北極熊？」

爸爸終於放下工作日誌，兩人肩並肩坐在沙發上，吃罐頭當晚餐。今天才第一天，父女倆不約而同決定，盤子和碗對正餐來說，是多餘的東西。

爸爸將燉牛肉放在地板上，調整姿勢，和艾波面對面。「很久以前，島上住滿北極熊。」

「所以真的因為有北極熊？」艾波問，能夠得到爸爸完整的注意力，她很開心。

「本來以為可能只是虛構。」

「不，是真的。」爸爸因為分享知識而一臉愉快，「根據記載，一五九六年第一次有人在島上殺了一頭北極熊。他們纏鬥了兩個多小時，最後殺死了牠——後來就叫這座島『熊島』。」

「**兩個**小時？」艾波心痛地說：「可憐的東西。」

「以前都是這樣的。」

艾波皺眉。「所以，因為大家把北極熊**殺光**，這裡就沒有熊了？」

「那是其中一個原因。」爸爸說：「還有冰帽的關係。」

艾波知道有些冰帽會在冬季形成，在夏季融化，看起來像是漂浮在海面，彼此相連的拼圖小塊。她也知道以前冰帽更多。但她有所不知的是，這對熊島造成了什麼樣的影響。

「冰帽以前一路延伸到南邊。」爸解釋。

「那就表示，北極熊可以在冬天抵達這座島？」

「沒錯。北極熊利用海冰獵捕海豹。現在冰帽正在融化，牠們無法游得那麼遠。那就是北極熊數量減少的原因。」

艾波看著自己的那罐燉鷹嘴豆思考（兩年來，她以吃素自豪）。

「如果這裡的冰帽正在融化……」

「已經融化了。」爸爸糾正。

「融化了。」艾波修正，「如果這裡的冰帽融化，那是不是表示，北極熊**永遠**

回不了熊島？」

「也不是完全沒有冰帽，最近的熊群在斯瓦巴，距離這裡將近兩百五十英里。過去，牠們會從那裡過來熊島，現在對牠們來說，遠到游不過來。」

「連一隻都沒辦法？」艾波小聲問，在腦海裡想像那頭熊。

「連一隻都沒辦法。」

CHAPTER

05

海象灣

Walrus Bay

她知道此刻會以某種方式改變她。

That this moment itself was going to alter her in some way.

接下來兩個星期，父女進入一種生活節奏。這種節奏不是艾波期待的，也不是她想要的，但至少是個熟悉的節奏。爸爸在黎明起床，消失，埋首工作。雖然在熊島，不必通勤穿越繁忙的城市，而是走進氣象木屋三十秒短短行程。不過，測量氣溫基本上需要工作一整天，爸爸一直到過了晚餐時間許久才會現身。

艾波懷抱著一絲希望，盼望某天爸爸宣布他們去滑雪橇、堆雪人，或甚至只是一起散個步。一天又一天過去，希望的火光越來越黯淡。艾波不只一次聽見爸爸嘀咕他被期待完成的工作量。當壓力過大，爸爸就容易發脾氣。脾氣來得快也去得快，沒有惡意，可是威力有如突發風暴，所以艾波從旁謹慎觀察，免得不小心被暴風掃到。在某個特別漫長緊繃的一天稍晚，艾波主動提議幫忙觀測氣溫，但爸爸吼說那不是小女孩做得來的工作。這表示艾波擁有大量的空閒時間——反正比她想要的多得多。

艾波的日子看起來有點像這樣：

早上六點至七點——躺在床上倒數，直到必須起床。現在是四月中，北極圈還是冷到刺骨，更糟糕百倍的是忘記把拖鞋放在床邊。

早上七點——早餐。通常是乾的燕麥脆餅，抹上花生醬吃起來就不會那麼糟（艾波帶了很多罐花生醬）。星期天，他們吃各自想吃的，艾波通常選巧克力脆餅，配一大杯熱可可。

早上八點至十二點——上學，星期一到星期五。

當然不是真正的學校。怎麼可能呢？不過，爸爸答應老師會帶她自學，所以帶了六本百科全書——艾波一個月讀一本。這種自學跟老師料想的可能不同。百科全書的字好小，紙張瀰漫灰塵的味道，但是裡面有美麗的動物圖片，而且更重要的是，教導艾波關於目前置身的世界。

艾波學到 *Artic*（北極）來自希臘文 *arktos*，意思就是「**熊**」。她也發現北極圈根本不是個實質的圓圈，比較像是隱形的線，圍住地球的頂端，其中涵蓋不同的國家，包括挪威、俄羅斯、芬蘭、加拿大和美國。以**全世界**人口來說，全年住在極圈的只有四百萬人——像托爾和他父親。在這個時候，她會很希望跟托爾聊聊，問他百科全書沒有回答的那些問題。即使有電話號碼，她心想衛星電話不是用來聊這些事的，像是薩米人是否真的以一百八十個不同的字彙描述雪？

中午十二點——午餐。艾波通常加熱一罐番茄湯，配燕麥餅乾。她會把爸爸的那份端進「天氣木屋」——她習慣這樣稱呼——然後留在一旁，避免打擾他。

下午十二點三十分——尋找北極熊。

艾波沒想過承認這裡沒有北極熊。況且，爸爸這麼忙。艾波帶上望遠鏡、羅盤、彩虹雨鞋、帽子、連指手套，裹上大概一千層衣物，每天下午出發找熊。

一天一天過去，積雪開始融化，不久，她再也無法照著之前的腳印走。幸運的是，爸爸教她使用羅盤，朝南，永遠都能找到返回小屋的路。爸爸給艾波的唯一警告是「不要太靠近海邊」——免得被瘋狗浪捲走。北極的海水凍極了，幾分鐘就會奪走性命。

除此之外，她可以自由活動，想做什麼都行。

當然了，她沒把任務說出去。她知道爸爸會說，北極熊非常危險，可能會吃掉像她這樣的女生。可是這阻擋不了她的決心。

「你在哪裡？」艾波呼喚：「你躲在哪？」

她又搜尋將近一星期。

在那段時間裡，她猶豫不決是否要接受一個事實：這座島只有她和爸爸，但以兩人相處的時間來看，說她形單影隻也不為過。縱使如此，熊島開始讓她覺得像「家」——是個非比尋常的家。島有自己專屬的神祕流動，不知不覺中，舊有城市的聲音、回音和噪音漸漸淡去。老家高大深色的形象開始變得模糊，越來越難回想。奶奶在海邊的家開始失去顏色。學校被她澈底淡忘——老實說這一點都不難。

有如置身在一個嶄新世界。艾波覺得這是最貼近魔法的生活。

積雪越融越多，她發現了內陸湖泊，有些好藍，跟海的顏色彼此呼應。她躍過咕嘟作響的溪流，溪水從積雪的山峰，往下流向冰洋。她往後躺，看著千隻海鷗以壯觀的白色弧形飛掠而過。她曾經看過獨來獨往的北極狐，在遠處靜止不動、泰然自若，白色毛髮閃爍如絲絨。艾波屏住氣息，這座魔力之島將她團團圍繞。

她現在只需要找到她的北極熊。

「你是男生，對吧？」艾波大聲說，「我知道你是男生。我不知道我為什麼會知道，不過我就是知道。」

艾波有種感覺，北極熊就在外頭看她。感覺並不具體，是一種第六感。一種並不是孤單一人的感受。不論她何時抬頭、東張西望，除了陽光、山脈、拍打岩岸的海浪，放眼空無一物。

她探索將近半個島嶼，今天下午，她打算前往一個廢棄的捕鯨站，就在遠方一個叫作「海象灣」的小灣。多年前，人類試圖在那裡生活，但最後失敗了。艾波覺得這樣也好。為了前往那裡，她路過幾座波光粼粼的內陸湖泊，朝三座山脈走去。

海象灣在地圖上看起來不遠，但是路程比艾波想的更花時間，將近三個小時後，她幾乎準備要回頭。將近午夜，天才會黑，但她不喜歡很晚還待在戶外。這座島在午茶時分，常被一種奇怪的霧氣籠罩，像幽魂一樣盤據凝結，光線透出一種詭異的黃。

就在那時，艾波聽到那個噪音。

艾波腦袋一偏。這不是她聽過的，不管是在熊島或在老家，甚至不是人類的聲音。這讓她想起某個東西，但不管她多努力往腦海裡挖掘，都找不出那份記憶。她站定不動，呼吸就像煙霧一樣在冷空氣裡展開。噪音停下，艾波如釋重負，發出深深的嘆息。那不是你會想一直聽見的聲音。聲音發自深處，相當低沉，讓人皮膚緊繃。就在她以為已經消失時，聲音再度響起。這次更嘹亮。

艾波嗆了一下，想起那個聲音了：三年前，有隻狐狸的腳掌困在生鏽的錫罐裡，無法擺脫。那是動物陷入痛苦時，發出的可怕聲音，聽了令人揪心不已。

「噢，不。」艾波的心揪著。她沒辦法坐視不管，既然有動物可能需要幫忙。這裡除了她之外，沒有人能伸出援手。最後幾百公尺她半跑半走，地表又絆又滑，冷空氣讓喉嚨發疼，胸口燃燒著，最後終於抵達海象灣。

她踉蹌停了下來。

霧氣開始攀爬，沿著地面緩緩滑行。有個突堤往外伸進海灣，那裡荒廢多日，只剩鬆垮腐爛的木板。另外，有個木頭棚舍，鬆脫的門板懸掛在鉸鏈上，窗戶破掉已久。倒蓋在岸上的是一艘舊船的廢棄船殼。旁邊擱著一堆生鏽的金屬鍊條。眼前的景象籠罩在令人發毛的霧氣中，看起來如同鬼片場景。

接著，那個噪音再次響起。

現在更接近了。這一次如此凶猛、響亮，她的背脊竄過一陣冷顫。即使想要拔腿逃開，她也辦不到。她的雙腳在地上生根，身上的每條神經都像電流竄過，嗡嗡作響。時間彷彿瞬間凍結，或至少放慢了速度。空氣讓人感覺刺骨、靜止。風停，連大海都屏住氣息。

艾波知道如果她抬起頭，她的人生將再也不同以往。她知道此刻會以某種方式改變她，或許甚至帶來永久的轉變。

她緩緩抬起視線。

在那裡，在海灘的另一側，大約五十公尺外，有她所見過最雄偉的生物。

CHAPTER

06

受傷

Hurt

熊也許很美，但也很嚇人。

He might have been beautiful, but he was also terrifying.

牠用兩隻後腳站立，就像壯美的白色駿馬朝天空仰起，下巴充滿自信地往前伸，看起來並不痛苦。事實上，牠挺立的身姿顯示牠清楚自己多麼有氣勢。

強壯有力的肌肉和生猛的力量結合，艾波頓時無法換氣，得用雙手摀住嘴巴，以免驚叫出聲。

「你真是不可思議。」艾波輕聲低語，不知為何一滴淚淌下臉龐。不是因為覺得悲傷，而是只有這樣才能抒發如此強烈的感受。就像她看到亞馬遜雨林遭到破壞的新聞時，發出憤怒的叫喊；讀到書裡肉麻的情節，情不自禁唱起傻氣的歌曲；爸爸播放的音樂，其中一、兩首會攪動她的情緒，只有舞動身體，才能讓她傾洩。

她的感受擺盪在敬畏、驚嘆、喜悅之間，像奶昔一樣混合，她感到頭暈目眩。托爾說錯了，她面帶笑容暗想；短短一瞬間，她希望托爾跟她一起在此，親眼見證這頭熊。

「我就知道不是我想像出來的。」艾波終於找回聲音，「那天晚上我真的看到你了。你**是**真的。」

即使隔著距離，熊豎起耳朵，彷彿聽到艾波說的話。艾波猜想熊的聽力比她好，因為牠的耳朵大多了。牠嗅聞，黑色的鼻子對著冷冽的空氣和潮濕的霧氣抽動，慢條斯理轉過身。

雙方視線越過海灘交會。

艾波想起肩上掛著的望遠鏡，用冰冷黏糊的手指，匆匆取出。起初除了模糊的污漬，她什麼也看不見，當她扭動鏡筒，對好焦距，熊的身影逐漸鮮明清晰。

「欸，你好美。你是我見過最美的。瞧！你就像……」她搜尋可以用來形容熊的詞彙，可是只能想到爸爸喜歡的一首樂曲；那首樂曲讓艾波想起噴發的火山、狂暴的風雨、滔天的巨浪。「你就像那樣……」

那一刻，熊張開嘴巴，發出最巨大、最深遠的吼聲，隔著一段距離，艾波也可以感覺到熊吼的威力，聲音無形穿過空氣，撼動了整個世界。驚天動地、震耳欲聾的熊吼，讓艾波的牙齒打顫。她手一鬆，望遠鏡掉在地上。

熊也許很美，但也很嚇人。純粹狂野的威力，讓艾波的呼吸緊緊抵住肋骨。

熊踉蹌向前，朝艾波跨出一步，艾波不由自主發出一聲嗚咽。神經末梢彷彿受到灼燒，她的呼吸變得短促淺薄，困在喉嚨某個地方。要是熊湊得更近？要是牠發動攻擊？不過，就像剛剛，熊以同樣快的速度突然靜止，停在海灘另一側，傳達某種謹慎的訊息。熊對艾波的提防，就跟艾波對熊的一樣。艾波如釋重負，深深吐出一口顫動的氣息。

艾波再次拿起望遠鏡，擔憂地啾嘴，熊瘦過頭了。她甚至可以看到熊的肋骨突出。牠的毛色原本應該更閃亮、更平順？

熊的臉龐也有種銳利的感覺，不是那種持久不變的，而是因為飢餓和絕望而產生的尖銳感。

「噢，」艾波喃喃低語：「你餓壞了。」

牠稍微點了點頭，動作微小到艾波幾乎錯過。

「你餓了嗎？你不會吃掉我吧？」

艾波透過望遠鏡快速掃視。雖然熊是野生動物，但牠看起來很友善——至少就北極熊來說。刺刺的鬍鬚，柔軟濕漉的黑鼻，巧克力色的深邃眼眸，即使相隔一段距離，感覺還是很溫柔。

艾波清清喉嚨，忖度接下來該怎麼做。

「我叫艾波，艾波·伍德。十一歲，喜歡熱可可，尤其加上棉花糖。我跟我爸一起待在這邊，他要測量氣溫六個月。他說島上一頭熊也沒有，可是我**知道**我看到了你。你為什麼冒險接近木屋？也許……」她靈光一閃，停了下來。「也許你**想**被看到？為什麼？」

艾波困惑地看著熊，一直到她用望遠鏡掃過熊的全身，才終於看出原因。

「噢，天啊！」她驚恐高聲說：「你做了什麼？」

熊的左前掌被緊緊捆束——藍色的塑膠。熊將腳掌舉到嘴邊，用銳利的長牙啃啊啃，壓下嗓門低吼，想咬掉，可是徒勞無功。熊掌腫漲成原本的兩倍，掌上的塑膠纏到不可思議——絕對擺脫不了。熊依然垂著頭，看起來很脆弱，甚至有點可悲。艾波直覺想要跑過去，給熊一個深深的擁抱，雖然她明明知道這有多麼危險。

「看起來好痛。」艾波喃喃。她很想幫忙，可是讓海鷗坐在手上，和接近一頭野生北極熊，天差地別。艾波用力嚥口水，「我找個尖銳的東西，讓你自己割斷，好嗎？」

艾波不確定自己的計畫高不高明，但總比什麼都不做好，她在海灘上搜索，想找個可以幫忙的東西，**任何東西**。她找到了玻璃，像美人魚尾巴那樣綠，但已被海水磨得平滑。其他碎片，從遙遠的海洋沖上岸。纏繞成一團的漁網、漂流木、塑膠水瓶——艾波氣得發出吼聲。還有她根本認不出來的東西。她遲遲找不到足夠尖銳的物件。這又有什麼用？即使找到，熊也沒辦法割斷塑膠、釋放自己。

「沒用。」艾波沮喪的語氣，在強風吹掃的海灣裡淒涼地迴盪。

艾波感覺熊的視線落在她身上，她不曾像此刻一樣感覺自己如此弱小、無用。她可以做什麼？太陽降得更低，時間已經晚了，晚到不適合獨自在外。

「抱歉，我得走了。」

艾波再次看著逐漸下沉的太陽，低到快要碰到海面，再將視線轉回熊。牠對著腳掌，垂頭喪氣，渾身散發悲傷。艾波的心一抽。

「我會回來的。」艾波小聲說：「我保證。」

熊仰頭，放聲大吼。

CHAPTER

07

艾波的決定

April's Decision

因為如果她不做，誰會做？

Because if she didn't do it, who would?

熊怎麼會跑到這座島？來這裡多久了？之前的氣象學家怎麼沒看到牠？想不出答案，真令人心煩。艾波沮喪地用力放下平底鍋。晚餐時間到了，她忍不住想起可憐的熊。受傷的腳掌一定讓牠沒辦法好好打獵。牠今天晚上吃什麼？她可以做什麼？

艾波絞盡腦汁，爸爸晃進客廳，大聲打了哈欠，口袋裡的東西，全都清空放到桌上。幾張茴香糖果紙、嚼過的筆、一條手帕。瑞士刀吭噹掉在硬硬的桌面上，她不知道爸爸為什麼隨身攜帶，卻只用來剪腳趾甲。

她正準備把豆子罐頭倒進平底鍋時，手突然僵住不動。

刀子。

要是她想辦法把那團塑膠割斷呢？

艾波等到爸消失，前往取回今天最後的讀數時，才拿起瑞士刀，握在手裡試探。

她用刀子切過蘋果、紅蘿蔔和類似的東西，可是……

思緒逐漸平息。事實是，她從未在北極熊身上用過刀子。從來不曾在可能會**殺掉**她的動物身上用過。

那晚她幾乎沒睡，一直回想托爾的警告。他說的沒錯。這裡的動物跟家鄉的不同。牠們誕生在完全的荒野，成長過程不曾和人類接觸，連北極狐都和後院的狐狸完全不同。這裡更加危險。

她輾轉反側，被流動的思緒來回牽動。早上一醒來，她深吸一口氣，挺直肩膀。仔細想，心底只有一個選擇。她會拿走爸爸的刀，割斷塑膠，放熊自由。因為如果她不做，誰會做？

午餐時間到了，她迅速替爸爸加熱一罐義式雜菜湯，送到天氣木屋。

「噢……謝謝，艾波。」爸爸心不在焉抬起頭，「已經要吃午餐了啊？」

艾波點點頭。「我也帶了這些給你。」她放了一把茴香糖在櫃臺。爸帶了可以撐六個月的份量，規定每天只能給自己三顆。

爸爸忙著剝糖果紙，當作前菜，艾波趁機從爸爸外套口袋拿走瑞士刀，迅速悄聲離開。披上外套、穿上雨鞋，從儲藏室抓起一些燕麥餅乾和一罐花生醬，啟程出門。

今天走到海象灣的路程感覺沒那麼漫長，她知道自己要去哪裡、要做什麼——

雖然想到可能發生的狀況讓她口乾舌燥。她深呼吸，鼓起勇氣，四周的空氣刺骨而乾淨，地球像是可食用的鬆脆水晶。她幾乎感覺得到，小島知道她身負任務，支持著她。

「快到了。」艾波低語。幾分鐘之後，她如釋重負，發出侷促不安的笑聲，在乾冷清澈的天光裡，海象灣不像昨天那樣令人發毛。當時眼前的一切，包括熊，都好巨大、好嚇人。

唯一的麻煩是，放眼不見熊的蹤影，即使她用望遠鏡檢查地平面上每個可以想像的點——峰頂覆雪的三座山、剛剛越過的光禿平原、塌垮在海灘上的廢墟。她用望遠鏡掃過洶湧的灰色巨浪。北極熊很會游泳，肯定比她厲害——她更喜歡爬樹。可是熊遲遲沒有現身，艾波冷得開始發抖，在這裡枯等一點都不好玩。她決定讓自己發揮作用。

艾波常常在奶奶家的海灘撿垃圾，出於習慣，她認真搜尋不屬於這裡的東西。最後累積了二十六個裝不同汽水的塑膠瓶、七個生鏽的罐頭、一支黑色梳子、一把粉紅色獨角獸牙刷。還有應該是捕魚用的一大堆藍網、一輛玩具車、剩下半瓶的威士忌酒瓶。全都是變化無常的海流，從遙遠的陸地帶來這座島上。

「這就是了。」她將最後一只瓶子放入她在倒蓋船殼旁整齊堆好的物品。改天她會帶一個袋子，全部裝進去。

完成這項任務後，艾波餓腸轆轆，還是不見北極熊的蹤影。她帶了燕麥餅乾作為禮物，但突然覺得自己胃口大開——這也難怪，她忘記替自己熱湯了。於是，她背對船殼，將花生醬抹在餅乾上，狼吞虎嚥塞了滿口。當她抬頭，下巴沾了餅乾屑，嘴巴黏答答的，才意識到自己並非獨自一人。

北極熊站在距離不到三公尺遠的地方。

「噢！」艾波震驚地鬆手，灑出一大坨花生醬在右腳雨鞋上。「你從哪裡冒出來的？」

熊骨瘦如柴，令人心碎，靠近看，還是比她見過的任何動物都更加巨大。艾波的體型可能只有熊的三分之一，她身體往後，彎著腦袋，仰頭望著熊。

艾波語速飛快，就怕失去勇氣。「我是來幫你的。你看，我帶了爸爸的刀子。我沒用過這把刀，可是我確定一切都會順利。我只是必須思考用哪一把——裡面有好多！甚至有瓶塞鑽——不過爸爸不喝酒，從那場車禍以來就不喝了。**他**那天喝了酒，是那個男生，不是爸爸，他沒看到媽媽。看到的時候就來不及了。爸爸討厭喝酒。」

她說得語無倫次，可是不知怎地，停不下來。「總之，你不會想聽這件事吧。我剛剛清了沙灘，看到了嗎？那些垃圾不屬於這裡，不屬於熊島。可是，我想大家不知道有這樣的地方真實存在，像我本來不知道現實生活中有這樣的地方。我知道故事裡有，可是那不一樣，對吧？我不知道地球的**這個**樣貌。」

艾波大手一揮，指著——指著什麼？這片荒野？這片空曠？她甚至不覺得自己身在地球上，而是不小心闖進了一個更粗略、更寂寥的姊妹星球。她將雙手垂到身體兩側，用力嚥嚥口水。

是緊張，她得到結論。野生的北極熊就站在眼前，會有這種感覺也不意外。她不敢抬頭。即使隔了三公尺，她的臉感覺得到熊的吐氣不是特別愉快。她的肚子抽動，在那可怕的一刻，她覺得自己隨時會吐出來。

「來吧，艾波。」她小聲自言自語：「振作起來。」她挺直，深吸一口氣，抬起頭直望著熊。

CHAPTER

08

熊

Bear

野生動物不需要人類的名字。

And wild animals don't need human names.

「哈囉。」艾波確定自己維持不動。她從以往和後院狐狸的相處經驗得知，最糟糕的就是主動伸手。必須等動物自己過來，而不是主動上前接觸。如果你催促，牠們不是拔腿跑走，就是咬你一口，或者——在這個例子裡——可能會吃掉你。

艾波心想北極熊一定也有同感。重點在於信任，無論體型大小。

語畢，艾波交叉手指祈求好運，維持等待。有必要的話，她可以等上一整天。可是希望不用一整夜，因為爸爸會擔心。

「你知道我叫什麼名字，我覺得現在需要知道你的名字。」艾波用溫柔的語氣說。她大多時候都輕聲細語——她很早以前就得知，動物不喜歡大吼大叫、粗聲粗氣的人類。在荒野，她試著將聲音放到前所未有的輕柔，就像雪花一樣。「替你取個名字又感覺不對，就像幫貓咪或小狗取名。你不像勇敢之心，住在我們家後院。你**完完全全**是野生的。野生動物不需要人類的名字，可是我又必須用什麼來叫你。乾脆叫『熊熊』好了。」

熊熊沒有任何反應，艾波喜歡想成牠同意了。

「你喜歡嘍，熊熊？」艾波說：「喜歡你的新名字嗎？」

艾波發誓，熊熊皺起巧克力色的眼角。艾波臉上綻放笑容。「我就把這當成『是』喔。」

「當然，我知道你不可能跟我講話。可是我們之間需要某種翻譯，就像破解密碼——我只是需要解讀。」艾波充滿期待，等著某種肯定。任何東西都好——扭扭鼻子或抽動耳朵。可是，專注盯著熊好幾秒鐘之後，似乎沒有任何結果。

「不要緊，我知道你在聽。我們還是可以溝通。大家都說動物不能說話，我知道這不是真的。媽媽以前是怎麼說的？我們只是必須找到不同的說話方式，就這樣。」艾波依直覺看著手錶，彷彿期待媽媽像瓶中精靈一樣現身。

熊熊抽動耳朵，還是沒靠近。

「你不用怕，我不像大人——我不會傷害你。」艾波一面說，一面嚥下恐懼，「我只是想幫忙。」

不管她的聲音多溫柔，熊熊還是沒靠近。既然艾波對於接近熊熊維持相當謹慎，雙方陷在毫無進展的僵局裡，將近兩個小時。

艾波突然冒出一個點子。

「聽著，熊熊——我帶了一些燕麥餅乾，我其實沒**那麼**餓了。我在一片上面抹花生醬——像這樣——然後留在前面，就在那邊，在那塊小石頭上。看到了嗎？如果你想要，歡迎拿去吃。」

起初，熊熊沒有任何反應。也許牠不像艾波那麼喜歡花生醬？牠

將鼻子探向半空，抖動起來，大聲吸氣兩、三次。艾波發誓熊熊雙眼稍微明亮一點。

「是花生醬喔。」艾波繼續說，「吃起來脆脆的，最棒的一種。你會喜歡的。雖然不是海豹或其他，可是真的很好吃，尤其餓的時候。」

熊熊再次嗅了嗅，滿臉渴望，這一次全身顫抖。牠非常緩慢地往前跨出一步，再一步，然後跨出第三和最後一步，棕色眼睛一直沒離開艾波，一口吞下那塊燕麥餅乾。

「我就知道你會喜歡！」

艾波暗自微笑，熊熊突然張嘴，朝她撲來，滿嘴尖銳的牙齒。離死亡只有一步之遙。艾波真希望今天出門前先跟爸爸說聲再見。她緊閉雙眼，交叉手指，禱告自己會剩下一點什麼以供埋葬。

艾波的腦袋沒被咬掉，只是突然感覺右腳在震動——彷彿有什麼東西或有人使勁磨蹭，有如某種深層組織的按摩。她勉強睜開一眼。她剛剛鬆手掉下餅乾時，雨鞋沾到花生醬，熊熊正用巨大的粉紅舌頭舔著雨鞋，就像被貓咪舔拭——只是力量放大一百萬倍。

「熊熊！」艾波尖著嗓子說：「沒有了啦！」

熊熊好好舔了最後一口，往後靠坐，直勾勾盯著艾波。熊熊牙齒還是露在外面，舔著嘴唇，舌頭掃過下顎，模樣沒有之前的一半威風。

「你想要更多，是吧？」

艾波戒慎恐懼地將最後一片燕麥餅乾放在石頭上，熊熊不到一秒鐘大口吞下，吃完的時候，頭往左偏，懇求地看著艾波。

「完全沒有了！對不起。」

熊熊垂下耳朵，艾波真希望當初帶了另一包，尤其熊熊現在退開，謹慎隔著距離望向她。腫脹的腳掌顯然造成很大的痛苦。儘管口袋裡放了刀子，艾波明白自己不可能更靠近，除非有更多糧食。

「我明天再回來。」艾波不確定自己覺得鬆口氣，還是覺得失望。

隔天，艾波帶了十包燕麥餅乾和兩罐花生醬。這一次，才花一個小時，熊熊就試探性地靠了過來，吃了她隔著安全距離擺好的食物。那天後，減少為半小時。再過一天，只花十分鐘，熊熊就有足夠的信任感。現在，艾波在熊熊身邊也稍微平靜了點。熊熊沒表現出想吃掉艾波的跡象——只對她帶來的食物有興趣。初次見到熊熊後的第四天，艾波抵達時，熊熊彷彿正在等她，直接蹣跚走到她面前。

艾波將食物放在前方十步左右的距離，深吸一口氣，穩住心神。然後，毫不停頓地用手指繞住口袋裡的刀子，免得恐懼讓她裹足不前。

「現在，你會讓我看看腳掌嗎？」

CHAPTER

09

友誼

Friendship

知道何時得以行動，依靠的不是邏輯。

Knowing the right moment to move wasn't based on logic.

那是個巨大的腳掌——北極熊的腳掌必須大到可以將牠們的體重平均分布在冰面上。腫脹後更是巨大。一片塑膠——就是你會在半打易開罐包裝找到的那種，顯然是工業規模的——纏住了熊熊的腳掌，還加上藍色漁網。整個纏得亂七八糟。熊熊絕對沒辦法自己拆解開來。

艾波嚥下最後的恐懼，逼自己動也不動站立，不是雕像那樣，而是某種柔軟的相似物——就像水，有如她當初指導托爾那樣。艾波慢慢吸氣，深深吸進腹部；她的呼吸幾乎沒有聲音，唯一的證據是冰冷空氣裡的朦朧水滴。她想像雨鞋鞋底長出根，下探這座島嶼：小島有時候似乎想要向上伸出觸手，跟艾波產生連結。如此一來，艾波變得比較不像人類，更像熊。

「可以讓我碰嗎？」艾波柔聲問，她不會蠢到沒經過允許就擅自碰觸野生動物。

熊熊吃掉所有食物，但是並未移動。牠是不是知道艾波想幫忙？還是牠跟艾波建立了足夠的信任感，覺得比較安全了？不管是哪種，艾波緊盯熊熊的臉。熊熊盯著艾波好久，眨也不眨，艾波不確定過了多久時間。外在世界已經縮小到只剩他們之間，呼吸緩慢穩定得彼此交融。

不同於下棋比賽，知道何時得以行動，依靠的不是邏輯。是直覺。艾波甚至不需要質問或懷疑。就這樣，艾波終於讓自己朝熊熊跨出一小步。

「看，我不會傷害你的。」

艾波停頓一下，然後謹慎跨出下一步，再次停頓後又跨出另一步。每一步都帶她更接近，最後距離只剩下一小步，近到可以數出熊熊的每一根黑色長鬍鬚，感覺得到牠鼻子的濡濕。艾波將刀子握得更緊，平靜地換氣，刀子慢慢從口袋裡掏出，拿到自己臉前。

熊熊眨眨眼，並未退開。

「我要用這個割斷塑膠。」艾波說：「可是你必須保證不會傷害我。」

到了這個節骨眼，艾波近到可以直接注視熊熊的眼睛。熊熊眼眸的顏色是濃郁的巧克力色，深到幾乎是黑色。那雙眼睛裡有故事，就像每個人和每個動物。熊熊的雙眼訴說著飢餓、走投無路，也許還有寂寞，雖說艾波不確定會不會是她感受的投射。更重要的是，它們不像有些眼睛散發惡意或殘忍。艾波搜尋那雙眼眸的深處，終於得到了她所需要的批准。

艾波呼吸平靜穩定，蹲下身，摘掉連指手套，伸出手。分分秒秒過去，艾波的頸背可以感覺到熊熊的呼吸，察覺熊的牙齒就在上方，像斷頭臺的刀柄。接著，艾波用手指試探性摸了摸熊熊的毛。

「噢！你好柔軟！」

熊熊的毛就像溫暖舒適的毯子，聞起來有海水和荒野的氣味。那個塑膠勒得好深，艾波甚至沒辦法把手指探進。艾波摸到塑膠勒住的地方時，熊熊瑟瑟發抖。

「噢，你這個可憐的東西。」艾波說：「讓我試著割斷它。」

即使有這把刀，艾波還是花了整整十分鐘才剪開漁網，然後割穿塑膠。艾波必須十分小心，免得傷到熊熊的皮膚——艾波覺得在整個過程中，沒眨過眼睛。

熊熊的腳掌終於重獲自由。

最後一點塑膠掉在地上時，熊熊抬起腦袋，放聲大吼。吼聲震耳欲聾，艾波面朝下跌在沙灘上。熊熊繼續大吼，震得天搖地動，穹蒼翻騰起伏。

「不要緊。」等熊熊吼完，艾波邊說邊站起身，「我知道你只是在說謝謝。」

熊熊用深棕色眼睛看著艾波，瞳孔閃閃發亮，不只因為映照海洋，而是因為更

深層的東西。那個神情超越了時空，以及介於之間的一切；可能永遠延續，也可能只維持了幾秒鐘。回顧當時，她一直無法確定是何者。

她真真切切知道的是：這就是奠定友誼的基礎。

「我明天回來。」艾波有點顫抖，試著理解這個全新版本的人生：像她這樣的女生，有可能和北極熊當朋友。「我會帶消毒藥膏回來，抹在你的腳掌上，免得傷口感染。」

熊熊張嘴準備再度放聲吼叫，這次艾波舉起一手，及時阻止。

「對，還有。」艾波咯咯笑，「我也會帶一些花生醬過來。」

CHAPTER

10

午夜太陽

The Midnight Sun

據說可以招來好運。

It's said to bring good luck.

艾波回家路上，蹦蹦跳跳、手足舞蹈。她的內心騷動不已，大放光明。她明天會回來——帶更多花生醬，或許這次帶一整罐，加上一些燕麥餅乾，也許帶個兩包吧。除了海豹，北極熊還吃什麼呢？她會查出來的！

艾波在櫥櫃裡翻翻找找，滿腦子想法，興奮極了，上氣不接下氣，就像一座滿是繽紛色彩、音樂和棉花糖的遊樂場。她的臉頰發亮，不只因為冷，也因為她感到許久以來不曾擁有的快樂。

接著，她突然停住腳步。

爸爸盤腿坐在火爐前，對她微笑。是**真心誠意的**笑，不是他們初次登島時皮笑肉不笑的那種。

「爸？」艾波試探地問，「一切都還好嗎？」

爸爸沒有馬上回答，而是迅速起身，播放他最愛的莫札特樂曲。那首曲子相當有趣——第十七號奏鳴曲——艾波想跳起傻裡傻氣的華爾滋，繞著房間轉啊轉。

「就在今晚！」爸爸說，音符圍繞他們彈彈跳跳。

「什麼今晚？」

「午夜太陽啊，艾波，午夜太陽！」

午夜太陽是爸爸之前提過的，事實上也是爸爸用來說服奶奶的部份說帖——每個人一輩子至少該見證一次。艾波，幸運的艾波，幾乎整個夏天都看得到。說服效果不如預期，奶奶嘀咕說，即使老家的太陽微弱、不可靠，但對她來說已經夠好了。

話說回來，從未親眼見過的事物，總是很難想像。現在，音樂在屋裡搖擺，艾波走起路來彷彿帶著華爾滋的律動，加上爸爸雀躍的笑容，艾波全身彷彿有閃電嗡嗡竄過。

她，艾波·伍德，今天不只幫助北極熊，也即將目睹午夜太陽！

他們必須等到午夜，距離現在還有四個小時。在那之前，艾波熱了兩罐蔬菜湯，兩人肩並肩坐在沙發上唏哩呼嚕喝著，罐子下面墊著兩本沾滿灰塵的老舊百科全書。

「跟我說說午夜太陽。」艾波冒險要求，察覺爸爸有聊天的心情。

艾波想得沒錯。爸爸收起空罐，放在地板上，放鬆發出滿足的悶哼，陷入沙發裡。

「記得幾年前你生日，我送你的地球儀嗎？」

艾波點點頭。其實當時已經晚了生日兩天，她真的很想要一隻小貓，不過，那個地球儀是個不錯的禮物。

「那你就知道我們很靠近北極。**不在**北極，在很靠近的地方。地球繞著軸心旋轉。」爸爸將咖啡杯往右傾斜示範。「因為地球自轉軸傾斜，在兩極看到的太陽不會下沉——就像這裡。」爸爸指著馬克杯的頂端和底部。「就看你有多接近地極，太陽可以連續幾個月，一次都不下沉。有些人將這個稱為『極晝』，更為人所知的是『午夜太陽』。」

「你是說天色**完全不會**變暗？」

「沒錯。」爸爸回答：「沒有夜晚。」

艾波試著理解沒有夜晚的日子。她注意到夜間越來越亮，可是太陽會沉到地平線下。現在太陽會**一直**留在空中。有件事她想不通。「大家要怎麼睡覺？」

爸爸轉向艾波，咧嘴一笑。「當然是閉上眼睛啊。」

不好笑——爸爸的笑話往往不怎麼好笑，可是艾波無法**憶起**爸爸上一次開玩笑是何時，所以還是呵呵笑了出來。接著爸爸也加入，兩人哈哈笑到肚子發疼。

笑聲漸漸逝去，艾波在腦裡再搜索一個問題。跟爸爸相處的機會不常有，她想盡量拉長，持續愈久愈好。

「之後就會完全相反吧？」

「對。」爸爸因為被詢問而一臉開心，「聖誕節的時候，在這裡，太陽甚至不會升起。想像一下，澈底漆黑的冬天。不用擔心，我們在那之前就會離開。」

他們來這裡已經一個月，那就表示還有五個月。整整五個月的夏天，爸爸必須投入工作。不過無所謂了，艾波對於認識熊熊感到無比興奮。既然沒有黑夜，她幾乎有雙倍的時光可以與熊熊共度。

午夜即將來臨，兩人用夾克、靴子、帽子、圍巾、手套，從頭到腳裹得密密實實，然後走到冷颼颼的戶外。艾波做的第一件事就是抬頭仰望。真的。天空不是柔軟的天鵝絨黑。沒有閃爍的星辰，甚至看不到月亮。太陽低掛在地平線上，廣闊的天際點綴著一絲橙色。

艾波驚喜凝視天空，吐息在眼前展開，好像是惡龍噴火。

「我在百科全書裡讀過。」艾波害羞地說。兩人看著天空從橙色變成琥珀色，然後再變成金色，「午夜太陽首日，當地住民會舉行一種特殊的儀式，我想說……

我想說我們也可以試試看?」

爸爸沒回答。

艾波急著說下去。「他們會喝一小杯酒——我們當然不會那樣做。」艾波接著說,覺得爸爸在身旁緊繃起來,「我們可以泡杯熱可可?他們會在地上畫一個大大的『神聖圓圈』——代表太陽——他們站進裡頭,為夏天許下三個願望。據說可以招來好運。」

爸爸沉默了好久好久,就在艾波準備回去屋內,爸爸拍掌。「這個建議太好了,我來煮水。」

艾波咯咯笑,爸爸快步走進屋裡,瘦長的四肢笨手笨腳地操作廚房的一切——煮水,拿棉花糖,還有巧克力餅乾。一個盤子摔破了,一扇櫥櫃門幾乎從鉸鏈脫落,有半杯熱可可灑在地板上。

這都無所謂。

趕在午夜前幾分鐘,爸爸再次現身屋外,用木棍在地上畫了一個巨大的圓圈。

艾波畫了幾個像陽光的線條,從圓圈往外散射。他們將茶壺放進圓圈,坐在從

沙發借來的靠墊上。

太陽懸浮在地平線邊緣，通常會在那裡下沉，消失不見，到了早上再回升。這次，它遲遲沒消失，像籃球那樣卡在地平線上，四周天際從金色變成銅色，再變成杏黃色。

艾波直接從壺嘴喝了一大口熱可可，多少年了，她不曾這麼快樂。

「三個願望。」艾波嘆了一口帶巧克力味道的氣息，「別忘了許願喔。」

「唔，打從我在你這個年紀讀到午夜太陽，我就一直期待著。所以，我的其中一個願望已經實現了。」

「你還可以再許兩個！」艾波已經用完三個願望了——一個給熊熊，一個給爸爸，最後一個給這個星球。

關於熊熊，艾波差點就要說出口。她差點一五一十告訴爸爸。她張開了嘴，可是話就是出不來，等她想好頭一句話要講什麼的時候，已經慢了一拍。

「明天就是媽媽的生日。」爸爸說得很小聲，艾波差點沒聽見。「我一直希望她可以跟我一起看午夜太陽。」

她怎麼會忘記？火燙的羞愧感灌注她的脈搏。她試探地伸手，觸碰爸爸的手臂。爸爸帶著歉意搖搖頭，站起身，拍掉腿上的塵土，小聲宣布說，雖然太陽還在空中，但睡覺時間到了。

艾波拿起茶壺和靠墊，跟在爸爸後面，吃力地走進屋裡。透過爸爸臥房的門縫，艾波可以看到爸爸站在唱機旁，一面翻著唱片，一面搖頭晃腦。爸爸找到那張唱片，坐回床鋪上。

「晚安，爸。」艾波呼喚。

音樂播放著，爸爸的心思已經飄走了。那是一首悲傷的曲子——每年這個時候的固定曲目。

回放大約一百次，艾波在床上用枕頭包住耳朵，擋住聲音。

而太陽依然閃耀。

CHAPTER

11

天氣小屋

The Weather Cabin

這樣可以得到具體事證，證明北極氣溫正在改變。

This way people could get proof of how the temperatures were changing in the Arctic.

她並不是不想念媽媽，隔天吃早餐的時候，艾波心想。艾波對媽媽的記憶只有幾個畫面。

說床邊故事；在後院跳舞，陽光恍如金黃色糖漿；為早餐做的巧克力軟糖杯子蛋糕；此起彼落，感覺好似跳跳糖的笑聲。還有好多好多的擁抱，她就是那樣的媽媽。動不動擁抱。

當然還有關於動物的記憶。黃昏，在草坪撒下食物，然後三個人蹲在室內，關燈，看看誰先看到第一隻刺蝟。媽媽用手餵知更鳥飼料，爸爸從旁深情款款地看著。媽媽拯救離家太遠的烏龜，想留下來，被爸爸調侃。

艾波有時候納悶，如果媽媽那天沒碰上車禍，現在的生活會是什麼模樣。自己會不會，唔，比較正常？也許和學校其他女生比較相像？她們不會在後院跟狐狸玩耍，不爬樹，不跟動物聊天。她不確定自己的與眾不同是因為基因，還是因為人生。

艾波懷疑兩者皆是。

不是爸爸的錯，不是因為爸爸不愛她——只是發生事故。媽媽在漫長而痛苦的兩天後過世，把半個爸爸一起帶走。遺憾的是，帶走的是比較有趣的那一半；看到彩虹會唱歌，說蠢笑話逗媽媽噴笑的爸爸；絕對不是賣命工作，一有壓力就發脾氣的那一半。艾波朝爸爸一瞥，他彎腰駝背坐在廚房，眼袋幾乎要掉進茶杯。狂野雜亂的頭髮從頭部直角往外竄，襯衫的鈕釦扣錯了。

爸爸是不是以為來到這裡，多少可以逃離悲傷？艾波嘆口氣。爸爸搞錯了。不管爸爸到哪裡，悲傷就像彗星尾巴，追著不放。

「你準備好了嗎？」爸說，不耐煩地瞥了一眼手錶。

「**準備**？」

「幫我啊。你前幾天不是問過，你不記得嗎？」

「嗯，不記得了。」

噢，糟糕，為什麼偏偏**在今天**找她幫忙？要是熊熊在海象灣等她呢？她覺得進退兩難。當然，她想和爸爸共度時光，他們抵達這裡以來，她不是一直在期待嗎？可是她之前是因為覺得氣餒，才主動說要幫忙。她寧可和爸爸一起做點有趣的事——踢足球，滑雪橇，到其中一座湖泊釣魚。

「艾波？」爸輕聲說：「我錯了，我不該說你年紀太小幫不上忙。再三考慮之後，我覺得做重要的事，永遠不嫌早，甚至可以讓你明白長大後想要做什麼。」

艾波點點頭。

這樣很蠢，因為她離長大還很遠，倒不如想像自己登上太空船、到月球旅行。儘管如此，她千萬不能忘記爸爸在做的事情**非常重要**。

無數本沾滿灰塵的工作日誌，寫滿了事實和數據，自氣象觀測站啟用的第一年起記錄至今，而觀測站早在將近一個世紀以前開始運作。從那時開始測量海水溫度、空氣溫度、濕度、風速、風向，現在由她爸爸接手。過去一百年來，每個人都做了那麼寶貴的工作，也許今日更為關鍵。

艾波常常忖度，自己可以做什麼拯救這個星球，現在她的機會來了。她挺身，跟著爸爸的步伐。

不管她何時走進天氣木屋，感覺就像踏進不同的宇宙，那裡擺滿奇特的機械儀器，以金屬般井井有條的方式滴滴答答、嗡嗡作響。木屋一關上門，隨即與世界隔絕——在熊島也沒有任何事物可以滲入。艾波感到忐忑，他倆彷彿置身中空狀態。空氣聞起來很乾燥，有很淡的茴香味。

「我們先來測量空氣的溫度吧？」

爸爸解釋，以全球規模來測量溫度改變的重要性，以及如何監測。為此，他們必須冒冷走到外頭陰影處的溫度計。不是家用溫度計。這個溫度計是亮紅色的，高度超過一公尺。有一系列複雜的讀數要記錄，爸爸教她怎麼做，她再將它們寫在工作日誌。

「通常會有多少人在這裡工作？」艾波完成讀數記錄之後問。

「唔，」爸爸對著讀數皺眉，「總是兩個人輪班——免得其中一個出狀況。可是他們很缺人手，所以只讓我帶你過來。」

「你想他們會休假嗎？」

「休假？」爸爸盯著她，彷彿她剛說的是外國語言。「這裡沒有休假，溫度測量是全年無休的工作。」

艾波陷入沉思，「所以，不會有人探索這座島嶼？」

「我親愛的女孩。那是你想做的事嗎？你希望我和你有更多的相處時間？」爸爸摘下眼鏡，疲憊地揉揉眼睛。

意識到爸爸可能擁有相同感受，艾波相當驚訝。

「有這些溫度要處理，負擔很重。老實說……這份工作比我想像得更耗時，尤其只有我一個人。」

艾波張嘴，正想說點什麼，看到爸爸的肩膀如此緊繃，不想增添爸爸的憂慮，所以決定稍微扭曲一下真相。「沒關係，我不是那個意思。我喜歡自己探索。其實，今天……」

如果想跟爸爸談起熊熊，現在是完美時機。可是爸爸已經轉身面對儀器，再次皺眉，艾波能說什麼？即使她**真的**告訴爸爸，爸爸會怎麼反應？值得冒險嗎？爸爸要是知道島上有一頭北極熊，絕不可能讓艾波跟牠當朋友。

「我在這裡滿開心的。」艾波說，語氣裡的自信超過真實感受，「**真的**開心。」

他們回到天氣木屋，要記錄下一組氣溫。需要更專注，爸爸不得不解釋三次。遺憾的是，爸爸不是最有耐心的老師，加上其中一台儀器不聽使喚，爸爸壓力不小，今天更是耐性缺缺。每次解釋，爸爸挫敗地在雙眼之間皺出更深的紋路，艾波感覺到爸爸的怒氣漸漸升溫。這也難怪，畢竟這份工作這麼費力而且不斷重複。

艾波的眼睛因為費勁而滲出淚液，腦袋感覺有爆炸的危機。她必須不時提醒自己，她在做的工作非常重要。爸幾乎每天都在這裡極盡眼力，測量氣溫並正確記錄，是無比關鍵的事——這樣可以得到具體事證，證明北極氣溫正在改變。這些改變不久將會影響整個星球，誰曉得那時會發生什麼。這讓艾波憂慮得不得了，但是當熊熊的身影突然閃過腦海，她分了神。她跟熊熊說過，會帶食物跟消毒藥膏回去；想到讓熊熊失望，她心裡很不舒服。

要是熊熊陷在痛苦之中？要是熊熊覺得被欺騙了呢？要是她再也看不到熊熊？她甚至還沒查清楚熊熊怎麼會困在島上。熊熊寂寞悲傷、垂頭喪氣的模樣，掠過艾波的心頭。只是個念頭，卻強大到足以讓她手指顫抖，手裡捧著的紅色工作日誌滾落，面朝下掉在地上。遺憾的是，不巧正面朝下落在爸爸灑出來的那灘茶水中。

「噢，糟糕。」艾波嘀咕，試著撥掉茶水，反倒雪上加霜，污漬在紙上暈開。

爸爸衝過來，驚恐盯著艾波，眼神裡有點什麼，艾波想要縮回身體裡面躲起來。爸爸將工作日誌從她手上拿過來，兩人灰心看著毀掉的紙張。

就在那時，爸爸理智斷線。

「你做了什麼好事？」爸爸咆哮，「我就知道不應該信任你。你年紀太小，不適合做這種工作。你這個笨拙愚蠢的小妞！」

爸爸脾氣爆發，木屋籠罩在恐怖的寂靜裡，艾波感覺往下墜落。一切只見儀器滴滴答答，停滯混沌的懊悔氣息盤旋籠罩。

「艾波！」爸爸跨出一步，臉上每筆線條都刻著歉疚。

但已經太遲。

艾波頭也不回衝出門口，抓起背包，一路奔向海象灣。

CHAPTER

12

分享祕密

A Secret Shared

所以，那就是跟北極熊打招呼的方式。

So, that was the way to greet a polar bear.

艾波抵達目的地的時候，心裡的傷幾乎煙消雲散：部份化入了海水的霧氣，其他則透過雨鞋鞋底散逝而去。熊島就是能讓一切顯得無足輕重。過去一星期以來，柔和的陽光讓積雪漸漸融化，浸著鹹水的荊豆叢露了出來。

海鷗飛越天空，牠們聚成一群的樣子讓艾波湧現一股強烈渴望，想跟誰好好聊一聊。一個真正理解這座島有多偏遠，理解這裡有多神祕的對象。想到的只有托爾。但一想到要辛苦跋涉回木屋拿衛星電話，還要面對爸爸，艾波就覺得承受不起。

艾波告訴自己，爸爸不是故意的。

她知道大多數人大吼大叫說出口的話，都不是真心的。況且，侷限在如此狹小的地方，爭執必然發生。熊島也許有六十九平方英里，但以爸爸的活動範圍來說，這座島只有兩個木屋大小也不為過。

她會原諒爸爸，她向來如此。不然還能怎麼辦？她不能說離開就離開。

抵達海象灣的時候，艾波幾乎（但還未完全）恢復成原本開朗的自己。她正納悶今天要等多久、熊熊的腳掌狀況如何，便聽到了響亮的濺水聲。

她轉身，熊熊正從海裡大步走出，越過海灘，直直朝她的方向飛奔，水滴甩得到處都是。牠活力充沛，在海沙上蹦蹦跳跳，散發全然奔放的喜悅。艾波也跑了起來。彼此快速奔向對方。

「熊熊！」

相隔一公尺半的時候，雙方減速停下腳步，艾波稍微謹慎，眼前是成年體型、具有危險性的北極熊，同時也對接下來可能發生的事感到困惑。這裡的規矩是什麼？他們不能握手，不能擁抱，不能用法國人的方式貼臉頰親吻空氣。艾波還在陷入思考，熊熊已用後腿站立，仰身，發出驚天動地、震耳欲聾的吶喊。

艾波想都沒想，即刻張大嘴巴，卯盡全力，發出最大的熊吼。雖然震撼力遠遠不如熊熊，但無所謂。一點都不。在那一刻，她可以輕易忘記一切。

隨著那聲吼叫，剩餘的受傷感覺頓時就像魔法，呼咻消失無蹤。

所以，**那**就是跟北極熊打招呼的方式。

熊熊回到四腳著地，甩開白色體毛上剩餘的水滴，海水、沙子、碎礫，噴得到處都是，尤其是艾波身上。艾波用手套將臉抹乾淨，等視線終於清晰，她真的可以發誓看到熊熊咧嘴在笑。

「哈囉，我的朋友。」

艾波站得好近，再次看到熊熊瘦到皮包骨的慘狀，毛髮黯淡糾結，不再燦亮。腳掌變得泛黃——顏色就跟牠的牙齒一樣。瞳孔跟艾波的頭髮一樣，是深巧克力色的。一雙毛茸茸的圓耳，也許是牠身上最可愛的部份——帶著活力和淘氣舞動著。熊熊往前湊近，黑色的鬍鬚搔著艾波的臉頰，使她不自覺嘻嘻笑。牠的鼻子，黑得像煤玉，嗅聞艾波時，碰上她的臉，又冰又濕，逗得她大笑。

「欸，你一點都不可怕！對，我**知道**你想要什麼，我帶了花生醬。但先讓我看看腳掌，好嗎？拜託？」

即使艾波昨天檢查過，但不打算憑空推斷。動物必須尊重對待。等艾波確定熊熊的意願，才開始輕柔地蹲伏在牠腳邊。

「現在幫我一個忙，靜靜坐著就好，不會很久。」

腳掌似乎沒有那麼腫脹，可是依然佈滿通紅的勒痕，就是之前塑膠細綁的地方。熊熊身形巨大，艾波必須用掉整條消毒藥膏，才能確保塗抹覆蓋所有的受傷範圍。

「好了，我明天會再抹更多上去，我想你現在不會有問題了。」

艾波如釋重負，嘆了口氣，往後蹲坐。爸爸在聊未來可能的職業時，常常提議艾波當獸醫。真相是，艾波無法想像自己讓動物安樂死。

「救你沒問題，好了，誰想要來點花生醬啊?!」

熊熊用鼻子噴氣，嗅了嗅，不耐煩地推了艾波的肩膀。

「等等！我要先擺餐具。」

艾波從背包拿出毯子，在倒蓋的船殼旁鋪開，那裡風勢比較小。在毯子中央擺出花生醬、燕麥餅乾、一些葡萄乾。看起來不像野餐，尤其對饑腸轆轆的北極熊來說，可是還滿漂亮的，也只能這樣。熊熊明白就要有東西可以吃了，一屁股坐在海灘的冰冷卵石上，艾波坐在毯子上，轉頭面對熊熊。

她年紀大到不適合野餐了嗎？才不會。她從來沒有去過朋友家的過夜趴，更不要說為一群好友包圍。她咬一口餅乾，發出大聲滿足的脆響，決定補償失去的時光。

「我知道你在等！等等喔。」

熊熊不會用餐刀，艾波替牠抹上又濕又軟的一大坨花生醬，將第一塊燕麥餅放在熊熊腳掌旁。艾波手還來不及抽回，餅乾已經被大口吞下。熊熊吃得很快，超級快，根本嚼都沒嚼——食物只是穿過喉嚨消失了。最後，艾波把整盒餅乾給熊熊，熊熊也吃光了——連厚紙板都是。

「你還餓嗎？」

艾波將半罐花生醬推過毛毯，一時片刻，艾波以為熊熊要整個吞下，包括玻璃罐。可是熊熊在最後一秒打住，用粉紅色舌頭將剩下的花生醬舔光。

「我下次必須帶更多吃的。」艾波在腦海裡掃視補給室，回想裡面有多少食物。「我確定爸爸不會注意，他根本不喜歡花生醬。對啊！他跟你、我都不一樣。他跟每個人都有點不一樣，那不是他能控制的。」

熊熊用腳掌挖著空罐，想要找更多吃的，可是什麼也沒有，抬起頭，一臉困惑端詳艾波。

說到爸爸，艾波不禁想起剛才被他吼。艾波心裡已經沒有受傷的感覺——全都消散——只剩悲傷。

「重點是，我知道爸爸不是在氣我，內心深處不是。這份工作給他壓力，但那也不是理由。」艾波往上看。熊熊的注意力被海上某個東西吸引住。艾波知道熊熊沒有面對著她，講起話來反倒更輕鬆。「你知道爸爸生氣的真正原因嗎？那是因為媽媽雖然過世七年了，感覺起來卻像是昨天。」

艾波跟隨熊熊的視線，望向海浪一波波沖擊海岸的地方。七年了，爸爸還是無法停止憤怒，他的心有個龐大、遼闊、無底的情緒，以各種不同形式表露。他很生氣，因為他想念媽媽，雖然奶奶覺得爸爸這樣是放縱自己，覺得他早該釋懷。但他沒有。

艾波轉頭，發現熊熊盯著她。「而且有時候……」艾波低語：「有時候我覺得他永遠無法釋懷。」

熊熊的頭一偏，明白艾波的語氣起了變化，彷彿感應到她有重要的事要說。

「我希望……」艾波停下來，拉一拉手套鬆脫的毛線，「我希望……我真的希望他可以認識新的人。」艾波終於說出口了。「我知道這樣不好，因為我有媽媽。坦白說，我不太記得了，媽媽是彩虹。重點是，媽媽已經不在了，爸爸很寂寞，如果能認識朋友，對爸爸會有幫助。當然得是個可愛的人。不是彩虹——不是每個人都是彩虹做的——只要是一樣好的人……」

一隻海鷗放聲尖鳴，艾波斗膽往上看。這些話她從未說出口。熊熊會不會對她很失望？熊熊不可能聽懂她在說什麼，熊熊看起來沒有生氣，眼神甚至變得柔軟，就像是熱布朗尼蛋糕裡的濃濃巧克力。熊熊的表情鼓勵艾波說說話，鼓勵她分享心中的祕密、卸除心上的重擔。

她深吸一口氣。

「對……有件事我沒說。」艾波用力扯下那條線，拿在手中，任它隨風而去。「你會看到什麼，對吧，熊熊？你看得見沒有說出口的那些吧？我也有點像那樣。我想因為大多時候我都自己一個人。所以，是的，不只是為了爸爸。」艾波嚥了一口口水。「也是為了我。我……**我**不介意有新的家人。當我放學回家，有人把家裡弄得暖暖的，問我各式各樣的問題，也許偶爾帶我出門，好好剪個頭髮。」

接下來一片靜默，海浪砸上海灘，島嶼對著洋流嗡嗡作響，太陽消失，然後在一朵雲的後方再次現身。艾波將膝蓋縮到胸前，遮住那顆赤裸的、脆弱的、怦怦跳動的心，臉抵著膝蓋。

她說太多了。

她不是故意的。那些話就這樣滔滔流洩。現在，那些話收不回來，被風吹散，在空中飄盪。要是那些話語傳到木屋？要是發生這種事怎麼辦？要是——她的呼吸在胸腔疾速飛掠——要是爸爸聽到了怎麼辦？如果那些話傷害了爸爸，她永遠無法原諒自己。

令人不快的可怕念頭，在她腦海流竄，肚子胡亂翻攪，感覺比考試還糟，比被學校女生嘲笑還糟，比在馬路上看到死去的貓更糟。

艾波揉揉眼睛，不由自主靠向熊熊柔軟的毛髮。熊熊微微挪動，沒有移開，艾波將臉頰貼在熊熊的肩膀上，輕柔地停在那裡。

CHAPTER

13

不用上學

No More School

只有一件事可做，那就是查個清楚。

There was only one thing to do, and that was to find out.

等艾波有機會細想，便明白熊熊應該聽不懂她在說什麼，至少細節牠聽不懂。可是有時候——也許常常——那些**細節**並不重要；背後的感受才是重點。

那一刻，熊熊似乎察覺艾波的什麼；動物的神祕能力，可以感應到人類看不見的事情。她不是讀過貓咪知道暴風雨即將來臨？馬匹會接收人類的恐懼？小狗只要看看你的臉，就可以解讀情緒？動物就是那麼聰明。不是學業上的聰明——牠們無法通過任何考試——而是用不同的方式解讀世界——以及解讀世界裡的人類。

動物用感覺解讀世界。

艾波就是知道，熊熊完美解讀了她的感受，以爸爸多年來無法做到的方式，而且比奶奶還厲害。奶奶雖然出於好意，但有點笨拙，有時還會誤解。

陽光溫暖的杏桃色調，籠罩整座島嶼，艾波蹦蹦跳跳走回木屋。除了火爐閃亮的餘燼、濃密黏稠的靜寂，木屋裡沒有其他跡象。

爸爸睡著了嗎？

艾波停在爸爸的臥房門口，一隻手緊張地懸在門把上方。勇氣不足的她，只好踮起腳尖走回自己的臥室，悄聲關上門。走到床鋪前，才注意到地板上有個茶壺。

「噢。」

艾波端起茶壺，掀開蓋子。熱可可的香氣飄散滿室，就像快步奔馳的獨角獸。雖然只剩微溫，但艾波立刻就著壺嘴暢飲，直到一滴也不剩。那天晚上，她一夜好眠，是抵達熊島以來睡得最好、最深，也最平順的一次。

早上——至少她認為是——沒有夜晚打斷日光，實在很難辨別——艾波躺在床上，被單拉到鼻子。雖然她習慣了寒意，但早上依然是最糟的。她沒起床，而是在棉被底下打著哆嗦，一直推測熊熊怎麼會來到熊島，而且似乎完全沒有人注意到。

目前為止，艾波推出的結論是：

- 從她跟爸的對話看來，那些氣象學家顯然沒空探索島嶼。
- 熊熊如要留在島的遠處，不被人察覺，應該相當容易。
- 熊熊以前一定看過人類，只是隔著距離。
- 熊熊似乎是成熟的個體，但流露青春的氣息。北極熊壽命大約二十年，所以也許熊熊年紀跟她差不多大，或許更小？

- 她還是不知道熊熊來這裡多久了。
- 而且，如果熊島周圍的冰帽融化，熊熊當初是**怎麼**過來的？

只有一件事可做，那就是查個清楚。她不知道從何查起，也不知道何時可以查，但她會追根究柢。

不過，首先——她豎起耳朵觀察有沒有播放音樂的跡象——起床的時間到了。她齜牙咧嘴地跳下床，連忙套上衣服。這裡的天氣改變得飛快，和受到三種不同鋒面夾擊有關，有件事是確定的：這裡永遠冷颼颼。艾波一層層穿好保暖衣物，體型幾乎是原本的兩倍大，搖搖晃晃，走到客廳。

幸好。爸爸還沒起床。小屋通常跟屋外一樣冷，他們需要爐火。通常是爸爸負責點火，但務實的艾波，以前就常常負責點火。這天早上她順利點起了火，然後按下煮水的按鈕，洗淨爸爸的馬克杯，將爸爸最愛的柑橘果醬擺在桌上。艾波甚至將流理台擦乾淨，還打掃了地板。

爸爸走出臥房，穿著最好的西裝，問艾波想聽哪張莫札特專輯搭配早餐。接著爸爸主動說要負責清洗**所有的**餐具碗盤——水槽裡堆了幾個湯罐、平底鍋和湯匙。最神奇的是，爸爸甚至主動說要把衣服放進洗衣機。

「艾波……」爸爸認真喝完第一杯咖啡後說。

艾波抬起頭，爸爸紅了臉。

爸爸嗯嗯啊啊，清了喉嚨好幾次。然後，再清一次之後，他將今天分配到的三顆茴香糖推過去。

「喏，這些給你。」

艾波將糖果握在手裡。它們不是她的最愛，但她還是欣賞爸爸的這個舉動。艾波還滿好奇那些會互相開口道歉的家庭，納悶爸爸這種迂迴的作法，是更輕鬆，還是更困難。既然她沒概念，就不會花太多力氣想。這也沒辦法。

不過，艾波確實有個疑問，而現在就是提問的完美時機。

「爸？」

「是，艾波？」

「**嚴格來說**，夏天開始了，是不是表示我必須上學[3]？」

「唔……呣……我不確定。」爸爸因為第二杯咖啡而分心，目前還太燙不能喝。

「不過，要放假感覺還有點早，不會嗎？」

「對家裡的學校來說還早，沒錯。」艾波回答：「可是在挪威不會太早，你看。」艾波用手指戳百科全書翻開的那頁，她早已事先準備。「挪威的學期提早結束很久了，因為天氣的關係。」

爸爸的下巴沾了柑橘果醬，疑惑地皺眉，「唔，也就是說……」

艾波屏住氣息。

爸爸正準備說不——這個字猶如鮮明的氣味，已經在空間飄散——可是最後，歉疚感勝出，如同艾波希望的。

「對，我看不出有何不可。」爸爸面露一抹無力的笑容，「在挪威……或至少在挪威的領土。」

爸爸一直沒看艾波翻開的那一頁——艾波還滿慶幸的，因為她其實省略了一個小細節。她不算說謊，挪威的學校確實更早結束。

只是沒這麼早。

「所以，就這樣喔？」艾波將百科全書闔上，「不用上學了。」

爸爸端起依然很燙的咖啡，大聲喝著，還來不及放下馬克杯，艾波已經哼著她的快樂歌，蹦蹦跳跳跑出大門。

那首歌是這樣唱的：

我好快樂、快樂、快樂，
好、好、好、好快樂。
我充滿陽光和笑容。
連鱷魚都不怕！
我好快樂、快樂、快樂。

除此之外，艾波最後還用一聲熊吼，為這首歌畫上句點。

---

3 譯註：在英國，學校一般分為三個學期：九月初至十二月中旬的秋季學期（Autumn Term）、一月初至三月底的春季學期（Spring Term），以及四月中旬至七月中旬的夏季學期（Summer Term）。

CHAPTER

14

一起旅行

Bear Ride

這真的就要發生了嗎？

Could this really be happening?

不用再上學。

不用再上學！艾波舞蹈、旋轉、蹦蹦跳跳，心想：暑假真的開始嘍！

熊熊顯然和她想得一樣。當艾波抵達海象灣，熊熊正在沙灘上滾來滾去，磨蹭背部——前所未見的快樂模樣。艾波看著熊熊，肚子興奮舞動，她竟然可以和這麼壯觀的生物共享這座島嶼。

「我來了！」艾波呼喊。熊熊跳起來，甩掉沙子，快步奔向她，強大的力量幾乎將她撞倒在地。

「哈囉。」

熊熊猶豫片刻，湊了過來，艾波只露出微微緊張的樣子，任由熊熊嗅聞她的臉——除了表示歡迎的吼聲，這似乎是熊熊回應招呼的方式。濕濕的黑鼻子磨蹭艾波臉上七顆雀斑，舌頭還咻嚕舔了她的鼻子。

「啊啊啊，你嘴巴的味道！」艾波倒抽一口氣，往後退開。

熊熊腳掌看起來改善許多，快快處理之後，艾波拿出四包燕麥餅乾、兩罐花生醬和爸爸的三顆茴香糖。熊熊幾秒鐘之內大口吞光。

「你在這裡都靠什麼生活？」艾波輕聲問：「你為什麼獨自在這裡？」

艾波等待回答，但除了熊熊抵住手心在找餅乾屑的濕鼻子，什麼都沒等到。

「別擔心，既然你的腳掌已經復原，就可以去打獵了。」艾波看到幾隻海豹散落在島嶼四周的礁石上，但也知道北極熊需要以浮冰作為跳台，捕捉牠們。一定有其他東西可以獵捕，不過艾波不是百分之百確定。「別擔心，我會確定你有足夠的花生醬。」

熊熊舔掉最後的餅乾屑，然後在艾波身邊坐定，溫暖的身體微微碰到艾波。他們背靠倒蓋的船殼，艾波思考要怎麼共度這段時光。

「我們有**整個**夏天可以一起度過，熊熊，你覺得怎樣？五月剩下的時間，以及整個六月、七月、八月跟九月！等於有**這麼**多的時間。」艾波手臂敞開到最大寬度。

熊熊不解看著艾波。無可否認的，艾波比出來的寬度遠遠不及牠。

「這樣看起來還是不少啦。首先是今天，我們擁有一整天。」

這句話熊熊似乎聽懂了，露齒做出幾乎可以視為咧嘴笑的表情。不然那就只是打個哈欠。

「好，那我們應該做什麼呢？」艾波興奮地甩甩手。「我知道！我們去探險吧。」

艾波跳站起來，熊熊四腳著地，笨重地緩緩跟著。艾波不知道要去哪裡，但踩著短促自信的步伐，朝著三座山出發。當她回頭望去，熊熊已經轉了個方向，跨著鬆垮的大步，朝相反的方向走去。

艾波淒涼地望著熊熊越退越遠的下半身。「你要去哪裡？」

熊熊並未停住腳步，但有回頭望。這個動作激勵了艾波，她快步追上去。

「等等！」艾波大聲呼喊，「你速度放慢一點。」

遺憾的是，不管熊熊走路的速度有多

慢，依然比艾波最快的步伐還快上許多，甚至比和爸爸一起走路還糟；爸爸走一步，艾波要走四步才追得上。他們繼續走了大約十分鐘。熊熊總是遙遙領先：不耐煩等艾波跟上。為了趕上熊熊的腳步，艾波氣喘吁吁，跑個不停。

大約二十分鐘過後，艾波呼吸急促、側腹發疼，漸漸停下腳步，熊熊縱身一跳，越過內陸水塘，輕鬆得好像跳過小水灘。艾波成功跳過前面幾個，可是這一個寬闊得多。

「熊熊！」艾波喊道，聲音被風吹回自己臉上。熊熊很快消失蹤影。

水塘好長，步行繞過會花太多時間，艾波別無選擇——不得不跳過去。

艾波深吸一口氣，將自己拋入空中，當她一離地，就知道自己犯了個錯。一聲可怕的悶響，她的身體一半掉入水中，一半掛在水外，感覺自己折到腳踝。

她震驚地倒抽一口氣。

水很冰冷，用力拍打她的雙腿。幸好長褲防水。她手腳並用撥踢著水，最後渾身濕答答，上氣不接下氣，側倒在地上。放眼看不到熊熊，不安的感覺湧上心頭。這裡到底是哪？更重要的是，她要怎麼回家？她試著動動腳踝，一陣尖銳的痛楚竄上。

暑假第一天就這樣。認為自己可以跟北極熊當朋友，這種想法真是愚蠢——更不要說試圖幫忙牠。她之前在想什麼？熊熊是野生動物，而她是個小女生，一個連水塘都跳不過去的小女生。

艾波將臉埋在手裡，盡量不要為自己太難過。

就在那時，熊熊出現了。靜悄悄地，艾波甚至沒注意到，直到牠站在三公尺外，頭部的巨大陰影映在她懷裡。

「熊熊？」

熊熊背對陽光，艾波只能看到輪廓。「我努力要追上，結果跌倒了。」艾波解釋，指著腳踝，「腳沒斷，只是扭到了，沒辦法走得很好。」

熊熊動也不動，當然聽不懂，但好奇心驅使牠走得更近，最後站在艾波上方。

「我沒辦法再走更遠了。真抱歉。」

艾波不大知道自己為什麼要道歉——只是覺得傷心，彷彿毀掉了他倆準備共度的一天。熊熊把鼻子湊得更近，舔了舔她長褲沾到的水。熊熊不可能知道艾波哪裡受傷，但舔她腳踝的動作似乎格外輕柔，就像以前她從腳踏車跌下來的時候，爸爸幫忙清理她的傷口。

「謝謝，熊熊。」一波情緒突然湧上，「感覺好多了。」

艾波正在納悶自己到底該怎麼回家，熊熊推了推她的肩膀。

「怎麼了？」

熊熊再次推了推艾波的肩膀，這次更用力。

「我可以動動看，可是你看。」艾波站起來，重量放在腳踝的時候，痛得臉部表情都扭曲了，「我這樣動作會太慢。」

艾波再次坐下，端出最勇敢的面容。熊熊趴下，高度跟她相當，然後充滿期待看著她。

「怎麼了？熊熊？」

熊熊繼續盯著艾波，某種哆嗦似的感受竄過艾波的血管。熊熊不可能是她想的那個意思吧……

「你要我爬上去嗎？」艾波驚呼，「可是我沒騎過馬，更不要說騎熊了。噢我的天！」

這真的就要發生了嗎？艾波閉上眼睛，阻擋太陽的強光，然後再次睜開。熊熊還在，蹲伏在前等待。

艾波沒有其他辦法了。如果不這麼做，就會困在外頭。她不能再這麼軟弱。艾波深深吸一口氣，平復心情，然後抓住熊熊頸部的毛髮，將左腿滑了過去。她的屁股可以感覺到熊熊凹凸不平的肋骨。

「噢，熊熊。」艾波喃喃低語，「你確定扛得起？」

熊熊發出憤慨的吼聲，充滿力量地站起來。艾波左右搖晃，但勉強抓穩。熊熊站直，艾波從新的視角凝望熊島，忍不住覺得像是坐在寶座上。

「真好玩！」

話才剛出口，熊熊就往前衝刺，艾波先被甩往左側，再被拋向右側，然後又被甩回左側，接著往右邊踉蹌。風呼呼吹過耳畔，地面起起伏伏。最糟的是，除了熊熊脖子四周那一簇簇的毛髮，她完全沒有其他可以抓握的地方，而且這些毛頻頻溜出她的手心。

最後，艾波用手臂環抱熊熊

的頸部，臉頰抵著牠，牢牢攀住。這樣一來，如果艾波緊緊閉上眼睛，屁股不會彈跳得那麼厲害，胸腔也不會搖晃得那麼用力，大大降低作嘔的風險。

一陣子之後，身體感覺也越來越溫暖。

熊熊穩定的脈搏抵著她的皮膚跳動，當中有點給人慰藉和安全的感覺。就像在學校度過一天，回到家裡瀰漫著新鮮烘焙的巧克力杯子蛋糕香味。

如果班上女生看到她現在的樣子……就不會嘲笑她了，對吧？不會的，因為她們困在無聊的學校裡，艾波卻騎在北極熊背上，奔馳飛越罕無人跡的荒野島嶼。

CHAPTER

15

洞窟

The Cave

這裡不受天氣影響，是個完美的藏身點。

But it was sheltered from the elements and made the perfect hiding place.

騎熊旅程持續了可能五分鐘或是五小時。不管多久——艾波也沒在計算——都超出時間的限制。艾波知道自己這輩子永遠不會忘記這個時刻。旅程結束，艾波從熊熊身上慢慢滑下，靈魂深處感應到，一切再也不同以往。

語言無法傳達對熊熊的感謝，艾波用手臂環繞熊熊的脖子，緊緊摟住。力道不會過大，免得讓熊熊不安，不過又緊到足以讓熊熊感受她輕柔的心跳。

「噢，熊熊。」艾波低語，將臉貼在牠身上。艾波終於放開熊熊，熊熊朝著海象灣的方向大步離去，艾波看著熊熊的身影越縮越小，最後消失在視線範圍之外。接著，艾波搖搖頭，環顧四周，意識到自己離木屋不會太遠，剩下的路途可以蹣跚慢慢走回。

即使困在室內很無聊，但艾波明智地在木屋裡休息幾天，等腳踝完全康復。狀況一有好轉，艾波連忙備齊食物，衝回海象灣。看到熊熊正在等候，艾波如釋重負嘆了口氣，多款待熊熊一罐花生醬。

接下來幾個星期，五月進入六月，艾波盡可能在不引人起疑的狀況下，從儲藏室帶走最多食物。這不會太難，因為爸爸埋頭工作，這陣子以來，他幾乎不怎麼注意艾波在不在家。唯一的問題是熊熊的食量。熊熊的食量比艾波、爸爸或她以前認識的人都大得多。儲藏室存糧有限，熊熊的胃簡直就像無底洞，不管艾波餵牠吃多少，牠還是用巧克力色的眼睛望著艾波，乞求更多。

海象灣那艘倒蓋的船成為他們平日的會面地點，艾波站在船邊，看著熊熊朝她飛奔而來。好消息是讓熊熊額外補充熱量的食物開始產生肉眼可見的效果。毛髮打結的地方明顯減少，臀骨不再那麼突出；艾波騎在牠背上時（她內心一直懷抱敬畏之情），厚實寬闊的背部由筋腱和肌肉組成。最棒的是牠的毛。除了原本的飲食，加上這些食物，毛髮變得額外柔軟，就像在沙發上依偎的刷毛毯，散發烤棉花糖、栗子、熱奶油煎餅的氣味。如果艾波將鼻子埋進去，甚至可以想像舌頭嚐到花生醬的味道。

熊熊吃光艾波帶來的東西之後，又花了一分鐘左右的時間嗅著艾波的口袋，免得遺漏什麼。

「沒有了，我們從現在開始要限量配給了喔。」

熊熊質疑地看著艾波，滿懷希望輕推她的手。

「你還沒帶我去看你住的地方呢。你知道我這麼多，關於你，我還有好多都不曉得！」

熊熊似乎困惑不解。艾波不確定熊熊的表情是聽懂她說的話，還是肚子還覺得餓。不管是哪種，當熊熊最後明白已經沒有更多食物，讓艾波爬上背並坐定後，便朝著三座山最小的一座出發。那座山很小，但陡峭得不可思議。艾波不得不閉上眼睛。往山坡下望去，比任何雲霄飛車都可怕許多——而且還沒有安全護具。

其實艾波不需要擔心。熊熊身姿優雅，一路往上爬，在半山腰左右的地方通過窄小的岩架，最後來到山側一個中等大小的洞窟。

熊熊的家。

艾波必須平貼在熊熊背上，才能一起進去。進去以後，洞穴變得開闊，艾波從牠背上滑下來，站直身子。艾波幾乎什麼也看不到，不知道洞穴往後延伸多遠。這裡不受天氣影響，是個完美的藏身點。

「可是，不是很舒服，對吧？」

艾波瞇眼，想適應光線的缺乏。熊熊身型巨大，又是白色的，不大會看錯，可是洞穴籠罩在潮濕的幽暗之中，她可以看出角落裡有一小堆羽毛、蛋殼和骨頭，不過她不想看得太仔細。至少這解釋了熊熊的食物來源。這種生活真不容易。洞穴瀰漫著霉味，艾波忍不住打了冷顫。她伸手輕撫熊熊的口鼻。雖然百科全書說公熊偏好獨來獨往（除了找交配對象或偶爾打一場架的時候），但艾波忍不住替熊熊感到難過。

「你這個可憐的東西，你自己待在這裡住多久了？」

熊熊壓低嗓門低吼。這聲低吼既不開心也不滿足，更像是生氣和沮喪。那聲低吼傳達的不是幾個月——而是**好幾年**。想到牠困在這個洞穴，沒有機會見到自己的同類，幾乎令人難以忍受。

「你怎麼會困在這座島上？」

熊熊再次低吼，一時片刻，故事雖然未說出口，但確確實實懸浮在他倆之間，震顫著，宛如具有生命。

艾波屏氣凝神。

就在那時，不管故事內容是什麼，又來自哪裡，已如一蓬煙霧消散不見。熊熊起勁地左右搖頭，憑著直覺，他們相偕走向洞穴入口，到了那裡，空氣隨即潔淨、輕盈。

燦爛溫暖的陽光突然像蜂蜜一樣敷上他們的雙頰。熊熊轉向艾波，從上到下舔了她的臉。熊熊嘴巴的味道糟糕透頂，這個動作出其不意，也因為舌頭濕答答的，艾波嘻嘻笑了起來。是隨著某個悲傷時刻而來的那種笑聲——響亮得如釋重負。艾波笑了又笑，最後倒在地上，捧著肚子免得發疼。接著，熊熊滾到她身邊，仰躺在地，耳朵頻頻抽動，彷彿也在呵呵笑。他們躺在洞穴入口，哈哈笑個不停。

「噢，熊熊。」艾波好不容易說出口，「我真的愛你。」

熊熊沒辦法說「我愛你」，牠並不需要開口。

熊熊就在艾波身旁，暖烘烘的很療癒，那句話就在其中。熊熊用巧克力融化般的眼睛凝望艾波，眼神流露純粹的信任，那句話也在其中。即使沒說出口，也漂浮他倆之間，永遠都在。

艾波相信愛就像魔法。

艾波湊過去，雙臂圈住熊熊脖子，給牠一個擁抱。「不管是什麼讓你悲傷，你總有一天可以告訴我，熊熊。」艾波對著牠的毛髮喃喃說著，「我自己也經歷過一些傷心的事，讓我難過也別擔心，我能理解。」

熊熊耳朵溫柔抽動，頭部依偎在艾波懷裡。

「等你準備好了再跟我說，那就是最好的時機，之前不是，之後也不是。只有在準備好的時候才是。」艾波往熊熊湊得更近，親吻牠的臉。「而且……我保證我會為了你讓事情好轉。」

這一次，熊熊放聲吶喊，吼聲從洞穴牆上彈回，狠狠撞進艾波的心。

CHAPTER

16

熊吼課

Lessons in Roar

你知道嗎？熊熊，我想我從未如此快樂。

You know, Bear, I think I'm the happiest I've ever been.

接下來的時間，他們都在探險。首先，熊熊帶艾波到東側最遠的角落，一起站在島嶼邊緣，就在參差不齊的岩石頂端，懸崖陡峭往下，沒入激烈洶湧的灰色海浪。他們站在邊緣附近，被狂暴的海風掃來掃去，但有熊熊守護，艾波不曾有過不安全的感覺。有熊熊在，她不可能覺得危險。

「我想學你那樣吼！」為了壓過海濤聲，艾波大喊。

幸運的是，她不用等多久就有機會親眼看到。熊熊用後腿仰立，發出雷鳴般吼聲，聲音有如水漂石那樣掠過海浪表面，最後融入遠方。

艾波試著有樣學樣，但她的熊吼只是直直墜下，笨拙地滾進海裡。熊熊示範給艾波看，要怎麼往外鼓起胸膛，盡可能拉長身子站直——然後拉高拉長——讓吼聲從核心一路往上——從內心最深邃、最狂野的底處發出。

她的第二次熊吼稍微好一點，但還是沒有熊熊那樣震耳欲聾。艾波練習再練習，最後看看手錶，發現竟然過了十一點，她一點都不覺得累。這就是永晝。沒了黑夜，沒有什麼可以為你帶來睡意。

「我該回家了，」艾波說，「我們明天可以再來吧？我再試試看？」

艾波把熊熊抽動的耳朵當成是同意。之後每天他們都會來這裡練習熊吼。隨著每次吼叫，艾波變得更像熊一點，更不像人類一點。她長得嬌小無所謂：重點是她有多想被聽見。

不只是熊吼。熊熊體力持續增加，牠一路帶艾波到島嶼最西端，那裡的陸地以飽經風霜的巨型石塊斜入海裡，粗糙尖銳的岩片像匕首突出海面。

「我不知道這裡，熊熊。」艾波驚奇吐著氣，「這裡好美！不過……你該不會要跳到那些石塊上吧？噢！你要！」

現在，騎在熊熊身上變得更容易——肚子往內縮，用膝蓋抵住牠肌肉結實的側腹，就能保持平衡。艾波緊緊攀附，熊熊在石塊之間飛越，彷彿它們是向上的跳台，一步步往外朝大海越跳越遠，此時，酷寒的海水頻頻啃咬艾波的腳跟。

艾波的腦海裡跳出爸爸的警告，爸爸說不要太接近海的邊緣。可是艾波置之不理。畢竟，爸爸說的是不希望艾波單獨接近海的邊緣。

但她不是獨自一人，對吧？

「來抓我啊，海浪！」艾波尖聲笑著。熊熊跳得更高了。

另一天——也許是隔天，或是後天，以及大後天——熊熊以豐沛的精力，帶著艾波往內陸去，越過一個又一個閃亮的藍色湖泊，輕鬆程度彷彿只是跳過水灘。熊熊特別在一座湖畔停下，湖水映照夏季的天空，那是明亮的藍。

「湖是心形的！」艾波蹲在水邊，手指伸入冰冷清澈的湖水。倒影朦朦朧朧地回望他們——水光粼粼、舞動不停，就像他們一樣鮮活，上氣不接下氣。「專屬我們的心型湖泊。比起你，我看起來好小唷！小不隆咚的。」艾波說：「我們是很好的夥伴，對吧，熊熊？我們是**最棒的**一對。」

熊熊用鼻子蹭了蹭艾波的肩膀。

六月進入七月的時候，熊熊帶艾波到島嶼的另一側看盛開的小小紫花，再帶她往山的更高處，那裡的雪積得很厚，即使夏天，還是天寒地凍。不只一次，艾波帶了雪橇來，放聲大笑，咻咻快速溜下山坡。打從聽到要和爸爸到北極圈以來，艾波一直渴望做的一切，全都實現，她快樂得像在天空飛翔。

一天，他們將海象灣的垃圾全都撿乾淨，熊熊幫忙用雪橇一路拖回木屋——確定沒被爸爸看到。

島上沒有一處是他們未曾探索過的。

他們一起探索每個祕密、每個角落、每個裂縫、每個邊緣、每個側面，島上每分每吋。他們探索所有湖泊、所有洞穴、所有山巔、所有溪流。他們探索所有的海灘：有沙子的、有卵石的，甚至看起來不像海灘的、隱藏的，以及艾波和爸爸初次登島的那片。艾波不常想起那一天。那一切在她的記憶裡好遙遠，就像以前的生活，有如某種朦朧的幻影，她不大相信真的存在過。

八月初某天下午，艾波盤腿坐在海象灣，熊熊在海浪裡嬉戲。熊熊消失，再冒出海面的時候，鬍鬚滴著海水。這陣子以來，熊熊看起來相當不同，不只因為毛髮閃爍光澤，也不只因為渾身散發野生動物獨有的野性力量——更因為牠是快樂的。雖然沒遇過其他北極熊，但艾波看得出來——熊熊活潑地抬著頭，扭鼻，腳伸向天空，身體躺在地上滾動，扭來扭去。雖然風險不小，但艾波很高興自己沒有理會托爾的警告，而是聽從自己的直覺。

「我也很高興。」艾波面帶燦爛笑容，「我沒有鬍鬚可以甩，可是我**很**開心。你知道嗎？熊熊，我想我從未如此快樂。」

日子就這樣持續下去，以虹彩般的快樂光芒點亮。沒有黃昏也沒有黎明。即使艾波的手錶停了——跟距離北極這麼近有關。時間無法辨認，白晝融入黑夜，黑夜融入白晝。時間再也不是時鐘上的指針，時間無盡、無限，如此魔幻。

現在是夏天。

最棒的夏天。

CHAPTER

17

熊島說話了

The Island Speaks

它嘆了氣。

It sighed.

地平線上有一片雲，是越來越黑的那種，不管太陽高掛多久。熊熊越恢復力氣，艾波越擔心。不只因為艾波無法想像和熊熊道別，她連細想**那種**情況都沒辦法。更糟糕的是，等她離開以後，熊熊會怎麼樣？獨自在陰暗、潮濕、寂寞的洞穴生活幾個月，甚至幾年？熊熊要怎麼生存？

這些都是熊熊不在身邊時，艾波心頭揮之不去的疑問，在她躺在床上的時候特別鮮明，令人害怕。不管怎麼輾轉反側，艾波都想不出解答。即使熊熊現在腳掌復原，可以餵飽自己，但真相是，熊熊並不屬於這裡。

這裡不是牠的家。

艾波越是思考這件事，就越明白熊熊不可以留在這裡。怎麼辦？她在某個失眠的夜裡決定，答案就在查出熊熊最初怎麼來到這裡。

隔天一起床，艾波匆匆忙忙趕往海象灣。她提早到了，熊熊還沒來。她吹起口哨。不是那種穿過齒間的口哨，而是兩根手指塞在嘴裡的那種，她在奶奶家附近看著漁夫學會的。

不是最響亮的也無所謂，不管熊熊在島上哪裡，都能聽得艾波的哨音。熊熊感應到她，就像動物對所愛的人的第六感。三十秒鐘後，艾波便在地平線上看到熊熊的身影。

「這邊！」艾波揮揮手。熊熊抵達時，艾波將一罐油漬鯖魚塞過去。「今天沒有花生醬，你可以吃這個。」

花生醬數量迅速減少，其他補給品也是，這點令人擔心。事實上，儲藏室的存糧已經剩不到三分之一。幸好爸爸從來不進去，所以沒注意到。艾波腦海裡還有另一件事令她掛心，正在倒數計時。

熊熊直接吃光冷冷的鯖魚，打了個滿足的嗝。

「我今天帶了些東西。」艾波說，盡量不要因為熊熊嘴裡的氣味而退縮，「我想你可能會想看看。」

艾波鋪開野餐毯子，盤腿坐在上頭，熊熊對著那顆卵石舔著嘴唇。「這就是我的心型卵石，是在奶奶家附近的海灘撿到的。為了求好運，我睡覺的時候一直放在枕頭底下。這是我媽和我爸的照片，他們結婚那天拍的。對，你說得沒錯，他在這裡看起來很開心。」

艾波盯著那張照片，之前看過幾千次。可是在熊熊警覺的凝視下，從前的目光似乎挪除，現在彷彿是第一次看到。「其實他笑起來滿好看的，對吧？眼睛裡有笑，眼角像星星那樣眨呀眨。」

熊熊的耳朵抽動，艾波喜歡把這視為同意。

「我……我只希望這陣子爸爸也能對我露出那樣的笑容。」艾波嘆口氣，嘆息來自非常深邃的地方。她花了片刻才找回自己的聲音。「我原本希望這個夏天會讓我跟他變得更親近。」艾波小聲說：「可是並沒有，我們反倒是前所未有的疏遠。」既然不知道怎麼改善和爸爸的關係，索性抬起下巴，甩開腦海裡的負面想法，這時她才想起今天為什麼趕來海灣這裡。「熊熊，真希望我也知道你的經歷。你孤孤單單在這裡。你原本一定跟我一樣，有爸爸和媽媽吧。」

艾波滿懷期待看著熊熊的臉，可是熊熊表情沒有變化。艾波也不真的期待熊熊開口回答——她沒那麼傻。她只是希望得到某個徵兆，可以幫她瞭解熊熊。可是熊熊只是打了個哈欠，彎下身子趴在前腳，閉上雙眼。艾波緩緩吐氣，往前靠，搓揉熊熊雙耳之間。艾波不願放棄——她只是需要找到鎖鑰，解開熊熊的故事。

熊熊打盹的時候，艾波坐著看牠。看著一隻動物睡覺，在其他人眼中可能很奇怪。實際上，艾波知道這是動物給人類最特別的禮物之一，因為這表示熊熊多麼信任她。她可以跟熊熊訴說她最深沉、最內在的所有感受；有個傾訴的對象，是多麼新鮮。全世界**不管什麼事**她都可以跟熊熊說，熊熊一次也沒嘲笑她，不會讓她覺得自己很蠢。

最重要的是，熊熊是她最好的朋友。

熊熊大聲打了哈欠，終於醒來，艾波跳到牠背上，他們快步奔上那座中型山的半山腰。艾波教熊熊做雪球，用拳頭捏得緊緊的，然後丟向對方。他們躺在雪地，揮動手腳，挖出天使的翅膀。午餐時刻，艾波練習熊吼，下午學習怎麼嗅聞空氣。

必須把氣吸得很深。艾波沒有熊熊那樣靈敏的鼻子，經過幾個星期的練習，艾波終於可以聞到北極冰川的硬冰氣味，鋒利、潔淨，就像玻璃瓶。熊熊示範怎麼分辨風向，從空氣判斷是不是快下雪，是不是有暴風雨，甚至是不是要下雨了。

這天下午最棒的，就是熊熊教她怎麼傾聽。不是日常的那種聆聽，而是**真正的**

傾聽。艾波偏著腦袋，豎起耳朵，聽見雪花落在山頂，聽見視線範圍外的貨船嘎吱鳴響，聽見乘著微風而來的爸爸的嘆息。當凍雨停歇、太陽重新現身，他們無法判斷這是下午、傍晚，甚至隔天。熊熊教艾波傾聽島嶼的聲音。

艾波一開始不知道熊熊在做什麼。艾波好奇地看著熊熊平躺在地，耳朵平貼地面。長長幾秒過去了，唯一的聲音就是她自己輕柔的吐氣。

「你在聽什麼？」艾波終於問。

艾波沒得到答案，唯一能做的就是自己查出來。

她模仿熊熊那樣平貼在地上，耳朵

抵著地表。起初，除了自己滾燙的呼吸、耳邊的風聲，或遠處的海濤，什麼也聽不見。過了幾分鐘之後，艾波確實開始聽到別的聲音。不同於一切的聲音。從地心傳出來的聲音。

「我聽到了！」艾波倒抽一口氣，「我聽得見熊島！」

就像是把貝殼貼在耳邊聽到的嗡鳴。搭雲霄飛車時耳裡的風聲。或是遠方魔幻樹林裡的窸窣。

「好美！」

艾波耳朵抵著地面，躺在地上好幾個鐘頭。有點像躺在吊床上入眠，艾波漸漸睡著的時候，島嶼做了件滑稽的事。

它嘆了氣。

艾波豎耳聆聽。

島嶼不會嘆氣吧？艾波聽得更專心。又是一聲。不是快樂的、滿足的嘆息——不是那種吃完生日大餐，或是啃完一根白巧克力棒的嘆息。是**另一種**。是大人看到新聞、看到銀行對帳單，或是接起電話、聽到壞消息的那種嘆息。

是**那種**嘆息。

艾波打了哆嗦，坐起。她掐緊鼻子，用力吹氣。島嶼的聲音繼續嗡嗡作響。

「熊熊？」艾波焦慮地望過去。「你聽到了嗎？」

熊熊從地上抬起頭，緩緩轉頭面對她。

艾波終於接近熊熊困在島上的原因。

CHAPTER

18

山峰

Mountain Summit

在此，他倆一起飛越天空。

And where the pair of them flew through the sky.

艾波還來不及瞭解一切怎麼發生，就已經在熊熊背上，朝不認得的地方奔去——從一條從未走過的路徑接近那些山，冰冷的溪水滔滔流入大海，泛紫色的荊豆叢層層疊疊。熊熊跳過湖泊，一群群海鷗騰空而起，在空中四散紛飛。灰色海濤洶湧澎湃，遠方，一隻北極狐嚇得倉皇逃開。

近看可以看出那座山是金屬灰色的花岡岩組成，光禿赤裸，氣勢宏偉，非常、非常高聳。海鷗嘎嘎叫著、高聲尖鳴。熊熊快步從海鷗之間衝過去，海鷗們散開來。

他們直接朝最高大、最陡峭，威脅感最重的那座山而去。

然後熊熊開始攀爬。

真的很陡。許多地方都很險峻，艾波緊緊攀住熊熊，免得不慎一路滾下山。好陡啊，有時覺得不得不回頭，因為就是無法繼續。

可是熊熊繼續走，往前走、往上行。

這見證了熊熊的蠻力、決心，或只是牠內在的勇氣。他們爬啊爬，手腳並用，最後逼近山巔，那裡是個積雪覆蓋的岩塊，不大穩定，不比小屋大。如同一根插入藍色天空的針。熊熊不可能爬上去吧？岩塊矗立在他們上方，好似一堵穿不透的花岡岩石牆。艾波的手抓得如此之緊，指節都痛了起來。

熊熊放慢速度，往後蹲，猛地深吸一口氣，吸進靈魂，然後使勁一躍——飛越天空，朝頂峰而去。

時間停止了。

只有此時此刻存在。這個珍貴、美麗、暫時停止的一刻。艾波緊抱住熊熊，熊熊緊靠住她，在此，他倆一起飛越天空。一切沉浸在寂靜中，**無窮**的寂靜。

此刻無限延伸，也許持續此生。

在這永恆的時刻裡，艾波腦中滿是思緒，峰頂看似無法觸碰，令人渴望。山腳更是遠得不得了。儘管害怕，艾波本能地將生命交付熊熊，最重要的，這是她這輩子最精彩、最完美的夏天。沒有任一思緒可以完整傳達。這是一種感受。

她在飛翔。

不同於在地球表面上的任何感覺。

雲朵飛舞，劃過天際。遙不可及的星球、流星、閃爍的彗星。

令人嘆為觀止。

艾波正逐漸習慣無重量的狀態——空氣咻咻掠過耳邊，自己就像一隻鳥——砰！他們大聲降落在頂峰，熊熊的前掌在雪裡打滑。石塊鬆脫，從邊緣滾落，一路摔到下方低處的岩石上。熊熊打了哆嗦，吐一口氣，喘了喘之後趴倒在地。牠的呼吸在冰封的空氣裡形成各種形狀。

艾波從熊熊背上滑下，落在雪地上，發出輕聲砰響。她的雙腿發疼，雙手因為抓得太緊而痠痛，雙耳發燙，內心閃閃發亮、生命力勃發。

一時片刻，艾波平躺著，調整呼吸。天空近到伸手可及。她在好高的地方！她從來不曾到過這麼高的地方。她頭暈目眩，口中有種幾乎認不得的氣味。

艾波把頭扭向一邊，整座島像壁毯一樣平鋪開展。

上百座湖泊猶如亮藍色布料。海象灣往遠處延伸，好似一抹海沙的笑。遠遠南端，兩個小小的紅點，那是氣象站。

艾波轉向另一邊時，放眼所見都是海。海、海，更多海。他們真的只是無盡灰色冰洋中的一個小點。熊島非常迷你，艾波覺得自己小得不得了。但不再是以前的那種感覺，她覺得自己所向無敵。

「熊熊？」艾波坐起來。「噢。」空氣尖銳、苦澀、冰冷，突然令人暈眩。她把頭垂在膝蓋之間，等待暈眩消失。一分鐘，也許更久一點，當她再次抬頭的時候，沒看到熊熊。

接著，她注意到，熊熊就坐在背後，面向海洋，往外眺望。艾波可以感應牠深深的悲傷。

「熊熊？噢，怎麼了？怎麼回事？」艾波趕到熊熊身邊，「你為什麼難過？」

艾波幾乎沒辦法直視熊熊。動物痛苦的時候，大多數人類毫無所覺，因為動物展現情緒的方式不同。艾波感應得到。在動物臉上看不出情緒，不代表動物沒感覺。熊熊的情緒和人類情緒一樣真實：迅速、赤裸、濃烈。

眼睛是最令人心疼的。原本融化中的咖啡色巧克力，化為深邃無底的水井，艾波不敢望進去，可能會深陷不已。熊熊的一切散發著淒涼——空盪、蕭條，像是被人遺忘的墓園，為了遮蔽倒地的馬匹而架起帳棚的賽馬跑道。美麗的圓耳低垂、貼平頭部，下顎鬆垮。那一刻，艾波明白熊島的嘆息是一個回音，反響熊熊的悲傷。

「噢，熊熊。」

出自本能，艾波伸出手，雙臂環抱熊熊，將臉頰貼在牠的毛髮上——牠耳朵跟眼睛之間那個毛茸茸柔軟的地方。艾波親吻牠的毛。親親動物是最棒的。艾波親了熊熊，一次又一次。難過的時候，那正是艾波真正想要的，有人擁抱她、親親她，讓一切好轉。

「你這麼傷心，一定是發生了很糟糕的事，熊熊。」艾波輕聲細語，摟住熊熊，「你準備好要說的時候，我保證認真聆聽。」

CHAPTER

19

熊熊的故事

Bear's Story

有時候，世上所有的文字也無法說出某個故事。

Sometimes all the words in the world can't tell a story.

熊熊用這種方式將自己的經歷告訴艾波。

不是透過語言，北極熊不會說話，也不需要語言。有時候，世上所有的文字也無法**說出**某個故事。艾波從經驗得知，熊熊說自己故事的方式，就是所有動物述說自己故事的方式。重點在於坐下來認真傾聽。需要有適當的直覺、敏感和機靈，才能填滿空白。

在頂峰上，風在艾波耳邊呼呼吹，寒冷咬著她的臉。她屏住氣息，坐下等待。首先，熊熊只是來回踱步，攪出憤怒雜亂的雪堆，幾分鐘後，牠在山峰遠端停下，背對島嶼，鼻子朝北。

答案浮現。

一切都清晰起來。

「那就是回家的路，對吧？在北方。」艾波柔聲說。

風呼嘯不停，遠處海浪撞擊海岸，艾波在山頂緊緊抓住真相，不再鬆手滑落。

「正北方是斯瓦巴。」艾波說，「那裡有港口，托爾和我說過那邊的事。」艾波絞盡腦汁看看自己記得什麼——除了托爾那雙藍眸的穩定視線，還有自己暈船想吐的感覺，她什麼都不記得了。不過，跟爸爸的一次對話裡，有件事她記得非常清楚。「那裡有很多北極熊。」

熊熊慢慢轉頭面向艾波。艾波在那雙深棕色眼眸裡，看到以往從未注意到的東西。想家。

「你就是從那邊來的，對吧？」艾波輕聲說，「那裡就是你的家。」

雖然熊熊不說話，可是牠將視線投向斯瓦巴的時候，臉上發光。那種光跟午夜太陽一樣亮，艾波得眨眼才能適應。

「可是斯瓦巴和這裡距離將近兩百五十英里。」艾波繼續說，「你怎麼會來到這裡？島周圍的冰帽已經融化了……」

熊熊壓平耳朵，貼在頭部上，表示有事情讓牠不開心。冰帽已經融化，牠當然不開心。所有的北極熊都不開心。就像有人搶走牠們的家。艾波爬到熊熊坐的地方，小心不要靠近邊緣，將臉貼在熊熊背上。艾波一碰，熊熊就倚向她。艾波輕搓熊熊的耳下，那裡柔軟得像搖籃曲。很快，熊熊放鬆。同時，艾波的腦袋轉個不停，就像天氣小屋裡的機器，試著拼湊最後的線索。

「你們不可能搭船，也不可能一路游過來，唯一的解釋就是冰帽是近期才融化的。」艾波將想法大聲說出口。她確實沒想到要問爸爸，島嶼周圍的冰帽是什麼時候融化的。百科全書沒提，她只是假設那是很多年前的事。意識到這是近期才發生的事實，艾波胸口湧現一陣奇怪的痛楚。

「對不起，熊熊，人類有時候真是粗心大意。好啦，我是不會，不是**所有**人類都會。大部分人都不是故意的。我們只是不知道怎麼面對冰帽、塑膠，還有像你這樣受苦的動物們。坦白說，這一切好嚴重、好可怕——就像撞上一面超大的牆壁，什麼都不做，希望別人接手處理，自己落得輕鬆。」艾波無可奈何聳肩。「即使想**做**點事，當你跟我一樣小，要讓別人聽到聲音，很困難。」

熊熊發出低吼，聲音來得突然，艾波往後一跌。

「你說得對。」艾波趕緊再站起來，「不能拿這個當藉口。你絕對有理由生氣。我很小，不代表不能做點什麼。我保證從現在開始，我會用盡全力。尤其我已經學會怎麼熊吼了。」

艾波等熊熊再次安頓下來，才坐回牠身邊。

「我還是不懂，你為什麼回不了家？」

答案就像個令人反胃的悶擊，打在艾波胸口上。

「也許，你在很小的時候，跟著媽媽來到這裡，結果她生病了、受傷了，或是什麼的。」艾波知道自己只是在猜測，但這個說法行得通，北極熊寶寶會在媽媽身邊生活兩年。「等她康復得差不多，島嶼四周冰帽都融化了，你們回不了家。」

艾波轉向熊熊想確認。她跟熊熊心靈相通，知道怎麼詮釋牠的情緒。艾波感覺一股憂傷發自熊熊的內心。

「你們被困在這裡。」艾波用手臂環抱住牠的頸部，用力嚥嚥口水。故事就快到結局，艾波鼓起勇氣準備傾聽。「然後呢？」

熊熊抬起頭，往外眺望大海，看了許久許久。久到艾波認為熊熊不會把故事講完。最後，熊熊轉過頭，對著艾波。真相擊中，艾波顫抖著，深深吸了口氣。

「天啊，她死了？」艾波絞盡腦汁思考原因，「因為這裡食物不夠你們兩個吃。噢，熊熊，真的太慘了。」艾波將臉頰抵在熊熊的毛髮上，輕撫牠的耳朵。艾波盡可能用力擁抱牠，吻去牠眼裡流下的淚水，感覺自己心跳飛快。「失去媽媽以後的這段時間，孤孤單單困在島上。」

艾波將額頭靠在熊熊的臉，環抱牠。熊熊在艾波的指尖下顫抖著。

熊熊抽身，卯盡力氣放聲熊吼，激烈到土地隆隆作響，雲朵驚恐地快速逃離。

「我會想辦法解決，我保證。」艾波發誓。

CHAPTER

20

困住

Trapped

我知道它們在融化，可是我不曉得融化得這麼快。

I knew they were melting, but I didn't know they were melting so fast.

「你都把氣溫回報給誰呢？」艾波隔天早餐問爸爸。

「氣溫嗎？」爸爸驚愕抬起頭，手裡端著一杯茶。

已經有好一陣子，艾波不主動跟爸爸講話。幾個星期，也許幾個月，自從在天氣木屋被爸爸吼的那天起。從她陷入和熊熊之間的關係以來；不是**負面的**那種，而是**快樂的**。是走不出魔幻森林的那種，在那裡，周遭一切都可以吃進肚子裡——連天空也是。今天她抬起頭，彷彿從昏迷中醒來，直到意識到爸爸還在。艾波一時納悶，這會不會是爸爸大多時候的感受。艾波將自己拉回當下。

說到底，她對熊熊許過承諾。

「對，就是你測量的那些，你都跟誰回報呢？」

爸爸小心翼翼將杯子放上碟子，對艾波的好奇露出滿意的神情。「給挪威政府。」

「喔，」艾波嚼著燕麥餅乾，陷入深思，「可是**他們**拿那些溫度做什麼？」

「拿去做研究啊，我們測量氣溫，評估前一年到今年是不是有變化。」

「嗯，」艾波拍掌，「那個我知道。他們收到溫度以後，實際上做什麼事？」

「做？」爸爸說。

「對啊，他們實際上拿來做什麼？天氣影響到的不只是北極熊和其他動物吧？北極的天氣影響了地球的**所有人**。」

「確實。」爸爸露出掛心的神色，可是就這樣而已。話說回來，大人談到全球暖化，都會露出那種表情。微微的掛心，不是特別擔心。地球陷入危機對他們帶來的困擾，似乎與艾波感受到的不同。

艾波握拳，試著穩住聲音，努力回想讀過的數據資料。「冰會反射百分之六十左右的陽光？」

「百分之八十。」爸爸糾正。

「百分之八十。」艾波抬眼看著爸爸，「所以冰全部不見以後，會發生什麼事？」

「陽光會直射海洋。」爸爸回答：「發生這種情況的時候，海洋溫度會上升，海平面會跟著升高。」

「那冰帽呢？」艾波為了保持鎮定，指甲扎入手心，「冰帽已經融化多少了？我知道融化了不少……可是到底有多少？」

爸爸清清喉嚨。「按照ＮＡＳＡ美國國家航太總署的說法，夏天北極海冰覆蓋的區域，從一九八〇年代起，每十年縮小百分之十三，等於損失將近一百萬平方英里。」

「**一百萬**？」艾波大受震撼，地面彷彿打開，將她吞噬進去。「是真的？我知道它們在融化，可是我不曉得融化得這麼快。」

「事實上，北極冰帽在過去二十年融化的量，比過去一萬年還多。」爸爸用最好的教學語氣說。

「我們必須做點什麼！」艾波吶喊，放棄保持鎮定，「我們必須想辦法扭轉局面！把冰還給牠們。為什麼沒有人**做出行動**來解決？為什麼**你們**不做更多？」

爸爸蹙起眉頭，顯然沒問過自己。濃密的眉毛糾結，像是困惑的毛毛蟲。「我不知道。」

艾波放下燕麥餅乾，撥掉手指上的餅乾屑。她必須把對話帶回正軌。人類害地球陷入爛攤子，並不是爸爸的錯，是每個人的錯。

「你說過熊島周圍的冰帽融化了。有多快？是慢慢地，還是發生得很快？」

「這個嘛……」爸爸說：「通常速度是慢的，但有一年氣溫突然竄升。」

「什麼時候？」

「一時想不起來。」

「拜託試試看！」艾波往前傾身，抓住爸爸的手臂，「真的很重要。」

爸爸看著艾波搭在他手臂上的手，似乎很詫異。「如果你真的有興趣，我可以查工作日誌。」

「可以現在就拿來嗎？」艾波催促，「拜託？」

爸爸嘆口氣，放下茶，消失在天氣小屋，捧了滿懷的工作日誌回來，放在流理台上。爸爸翻開其中一本。「這欄記錄過去十年來，每年熊島海水溫度的平均值。氣溫大多都穩定上升。」爸爸用手指戳其中一欄，「這裡，氣溫劇烈上升。」

「哪一年？」

「七年前。」

「你百分之百確定，熊島四周最後的冰帽，就是在那個時候融化的？」

爸爸點點頭。

艾波往後一坐。熊熊竟然在這裡七年！一直困在島上，沒辦法回家。

「可是這樣不公平！」艾波沮喪喊道，「地球會陷進這個困境，不是**牠們的**錯，是我們的錯！」

「不是**誰的**錯？」

艾波茫然看著爸爸。

「你說那不是**牠們**的錯。」

「熊！」艾波惱火地說，「北極熊。這座島用牠們來命名，牠們甚至無法來此過冬！」

「確實殘忍又諷刺……當然也很令人悲傷。」爸爸趕緊補充。

「那冰帽呢？」艾波堅持不懈，「更靠近北極，斯瓦巴四周的那些，它們還在吧？」

「對，暫時還在。」

「所以北極熊還是可以住那邊嗎？」艾波問。

爸爸點點頭。

爸爸下巴沾了柑橘果醬，手指細長纖薄，歪歪的鼻子埋在工作日誌，明顯沒有救星的派頭，但艾波也只有他了。艾波交叉手指祈求好運，給爸爸一抹最棒的笑容。看起來也許像在做鬼臉，無所謂。

「如果我說，這陣子以來，有一頭熊困在這座島上呢？」

爸爸頭也沒抬。

「爸！」艾波語氣堅定地說，「島上有一頭北極熊，我需要你的幫忙。」

「嗯？」爸爸精神渙散，瞥艾波一眼，艾波可以看出爸爸沒認真聽。

「聽我說，拜託？」艾波掙扎控制自己的語氣，聲音一直抖抖顫顫，「這裡有一頭北極熊，牠是全世界最善良、最棒的熊。我需要你的幫忙，拜託**馬上**放下那本工作日誌！」

爸爸真的鬆開了手，日誌掉到地上，發出大大的沙沙聲響。艾波完全抓住爸爸的注意力，但不是以她想要的方式。事實上，爸爸看著她的眼神，讓她的肚子翻攪。

「艾波，」爸爸非常緩慢、小心翼翼，彷彿艾波是一時糊塗，「你剛說什麼？」

艾波嚥了嚥口水。「島上有一頭北極熊。」

爸爸注視她許久，然後回答：「熊。島。上。一。頭。熊。也。沒。有。」爸爸搖頭，「不可能有。」

「可是真的有！而且一點都不危險。」艾波吶喊，「我只是想幫牠，你不懂嗎？這裡不是牠該在的地方。」

爸爸繼續看著艾波，彷彿她神智不清，最糟的是，爸爸似乎以為她在開玩笑，撿起那本工作日誌。

「你不相信我，對吧？去看儲藏室啊！」艾波莽撞地說，「你就會知道我說的是實話！」

「儲藏室？跟儲藏室有什麼關係？」

「你會明白的，去看看！」

爸爸緩緩站起身，清了幾次喉嚨，打開儲藏室的門。

「**艾波**！」爸爸抓住門框支撐，「食物都到哪裡去了？」

「剛剛跟你說了！牠餓壞了——只剩皮包骨。牠又開始狩獵了，加上我給牠吃的食物。你應該看看牠現在的樣子，看起來——」

爸爸忽然轉身面對她。「艾波，你做了什麼好事？」

艾波沒聽過爸爸這種語氣。她用力嚥嚥口水。

「我把食物給熊熊了。」

「給熊熊。」

艾波點點頭。

「給一頭北極熊。」爸爸說完後，一屁股坐進沙發。工作日誌撒在腳邊，臉上有種古怪恍惚的表情。艾波覺得臉好燙，皮膚冒汗發黏。「奶奶說得沒錯。」爸爸說，「帶你來這裡是錯的。船員說過，這座島會對大腦產生奇怪的作用。讓你獨處，是我的錯。我太投入工作，陪你的時間沒有我想像得多。唉，你會創造出幻想的朋友，也是理所自然。」

「牠不是幻想的朋友！」艾波喊道，「我和媽媽一樣，我只是跟別人不同，你自己說過！」

「對，可是媽媽不會編造故事，然後把食物丟掉。」爸爸瞇眼，眼神帶有某種糟糕的過度同情，讓艾波喪氣地放聲啜泣。

「我的孩子，你是為了得到關注才這樣嗎？」

「不是。」艾波別過頭，不讓爸爸看到淚水，「我很早以前就放棄了。」

偏偏就在那一刻，爸爸用手帕大聲擤鼻子。「好。」爸爸擤完後宣布，完全無視艾波剛剛說的話，「還好我們在島上的時間只剩六個星期。」

「六個星期？」艾波倒抽一口氣，「我們只剩六個星期？」

CHAPTER

21

計畫

The Plan

這是一種像家的氣味。

It was a scent that felt like home.

接下來的日子裡，艾波常逮到爸爸盯著她看。不是那種讓人溫暖舒適、感覺慈愛的目光，而是瞇細眼睛、不信任的眼神，她覺得每次在爸爸身邊，自己就像個陌生人。爸爸甚至盤點儲藏室裡每項食物剩下的數量，根本不可能再拿食物走——雖然她運氣不錯，提前料到這種緊急狀況，在床底下額外存糧，可是不夠撐六個星期。艾波覺得，擬定計畫協助熊熊，比之前更為迫切。

「怎麼會弄得這麼亂？」艾波環顧客廳，彷彿是第一次發現。

整個夏天，她忙著玩耍，沒注意到那些沒洗的衣物、杯子、茶壺、湯罐。最後，她找到了寫北極圈的那本書，夾在一罐走味的咖啡和爸爸一件變形蟲花紋背心之間，然後迅速查閱斯瓦巴。

兩張茴香糖果紙掉了出來。原來斯瓦巴是群島，地理位置介於挪威和北極的中間點，約有百分之六十由冰河組成。海鳥、北極狐、馴鹿，以及三千隻左右的北極熊以那裡為家。

「我知道了！」

答案終於浮現，熱燙燙的什麼竄過艾波的血管。想也知道！原來答案一直都在。

只有一件事可以。熊熊不用留在那可怕寂寞的洞窟裡。

艾波會帶熊熊回家。

回到斯瓦巴的家。

「你在那裡會有很多朋友，搞不好還會有一些親戚呢！像是表兄弟姊妹、叔伯姑姨，也許可以找個伴侶。」艾波低聲說，希望熊熊在島的另一邊聽得到，「你就再也不會孤單。」

唯一的問題是距離。

斯瓦巴距離熊島大約一天船程。對熊熊來說太遠，無法游泳抵達，不然牠早回到家了。可是，一定有別的方式可以帶牠過去——即使沒有爸爸的幫忙。

艾波的計畫有了起頭。

海象灣那艘倒蓋的船，其實不是一般的船。

「像是獨木舟。」艾波站在那艘船前，思索著，「而且是大型獨木舟，大到可以容納我們兩個。」

船殼塗了黃漆，兩端向上彎，就像維京人的船。好幾個地方的漆料在剝落，艾波用手套搓搓船身，讓油漆稍微明亮一點，就像冬天的太陽。

「你以前很漂亮吧？真好奇你怎麼會到這裡來。你也被丟下來了嗎？」艾波環顧人類遺留在海象灣的物品殘跡。破敗的棚屋、毀掉的突堤、生鏽的鐵鍊、被沖上岸的塑膠瓶。「我們怎麼會弄得這麼亂？」艾波那天問了第二次。

艾波嘆口氣，將注意力放回那艘船。裡面有兩張木凳、一把老槳，很多卵石、沙子、貝殼和塵土。幸運的是，沒看到任何破洞。

「首先，把你清乾淨。」

艾波從眼角看到海水用力沖刷海岸，有些浪濤和她高度相當，大部分的浪濤高過她。艾波的肚子抖動彈跳。管他的。不管這趟旅程會多危險，也不管她暈船得多嚴重，她下定決心送熊熊回家。

想不出還有什麼辦法。

接下來兩、三天，艾波忙著細看地圖，研讀百科全書針對漫長船程提供的關鍵生存秘訣。不過，當她讀越多航行資料，她越覺得自己準備不周。誰曉得浪濤的形狀可能預告風向的轉變？航行專用術語多到像一部字典。誰能對天氣概況擁有天生第六感？

艾波面對掛在牆上的熊島地圖，焦慮地咬唇。只有一個辦法了。這絕對算是緊急事件，既然爸爸在天氣木屋，現在就是完美時機。

艾波將那只信封收在床邊抽屜裡，有鯖魚、舊繩索，加上其他東西的淡淡氣味。這個味道帶給人安心和安全的感覺，也是她在打退堂鼓以前，終於說服自己撥號的主因。

電話響了兩次。

「**哈囉**？」線路意外清晰，彷彿對方就在隔壁。「**哈囉**？」

不知為何，艾波突然口乾舌燥。「托爾嗎？」艾波好不容易沙啞出聲，「是我，艾波，艾波．伍德。」

「艾波嗎？」托爾語氣吃驚，彷彿從沒想過會接到她的電話，「島上的一切都還好嗎？」

艾波點點頭，然後意識到托爾看不到。「嗯，都還好。」艾波趕緊回答。

艾波頓住。她在狀況最好的時候，也不太會講電話，跟只見過一次面的人講話，讓她更加緊張。她把電話抓得更緊。

「有什麼要幫忙的嗎？」托爾對那片沉默說。

「只是想請教你一個航行的問題。」艾波交叉手指，希望自己聽起來可信。「我……在寫一份學校報告，需要讓大家知道怎麼搭船從熊島到斯瓦巴。」

「你想確保船的航行方向，免得大家最後跑到紐約？」

「之類的。」艾波承認。

「嗯，以前我們用天空地圖找路。」

「天空地圖？」百科全書沒提到。「你指的是星星嗎？」

「沒錯，不過現在，羅盤方便多了。」

呼，幸好她有一個。

「你也需要巴倫支海的海圖。」

艾波看著地圖，有點舊，角落都翹起來了，不過也只能將就。

「還有一個GPS。」

「一個什麼？」

「跟衛星相連，顯示方位的設備。」托爾那端電話開始嘶嘶響。托爾拔高嗓門好讓自己被聽見。「全球各地，即使是熊島那樣迷你的地方，都有一組座標。船員用它們導航。我們把它們當成現代的星星。」

「可是沒有GPS。」艾波拔高嗓門，「或是沒有星星的話，辦得到嗎？」

「可以。」托爾說，電話開始咔啦響，即將斷線；托爾放大音量，想壓過嘶嘶聲，「可是……更難……要靠……你的羅盤。設定……座標……斯瓦巴。要……小心……風。」

艾波可以從地圖查出座標——這還算簡單——然後跟著羅盤一路航行。

「艾波？」托爾問，線路突然清晰起來，「你還在嗎？」

「噢！」艾波嚇了一跳，注意到爸爸在窗外，直接朝木屋走來。「得掛電話了。」

艾波匆匆說：「不過，謝謝你！」

托爾還來不及換一口氣，更不要說回答，艾波已經掛掉電話。

「一切都好嗎？艾波？」爸爸走進木屋，帶進一陣冷冽的空氣，和微微的茴香糖果味。

「很好。」艾波邊說邊跟爸爸錯開，朝屋外走去。

反正沒什麼好失去的了。通知熊熊的時機到了。

艾波抵達海象灣，熊熊正在海浪裡玩耍——像海豹一樣潛進海浪，開心無比地冒出來。熊熊還沒看到艾波，艾波從旁觀察牠。

艾波忍不住把眼前的情景，跟他倆初次見面的景象比較。熊熊的毛髮不再灰撲撲打結，觸感不再粗糙。現在已經平滑、閃亮，像星塵一樣閃閃發光。熊熊的耳朵不再下垂，而是活力滿滿地抽動著。艾波再也數不到牠的肋骨，牠長肉了，好像變得有點圓潤。熊熊的臉泛著光彩，彷彿剛剛吃了最愛的晚餐，正要打個大大的飽嗝。

牠的樣子就是所有北極熊該有的樣子。

快樂、健康、開朗。

艾波哽咽，突然意識到他們的相處時光就要結束了。一個星期前，太陽終於消失在地平線，午夜太陽結束了，準備迎向新的一年。連她的手錶也開始運作，滴滴答答倒數他們共度的日子。

「熊熊。」艾波低語，聲音像砂紙一樣粗糙。

就在那時，熊熊聽見艾波。牠抬起頭，耳朵抽動，整個臉龐亮了起來，是牠每次看到艾波的反應。熊熊甩動身體，海水像成千上萬的彩虹雨滴，灑落在海灘上。熊熊蹦蹦跳跳，大步跑了過來，抵達艾波身邊時，熊熊溫柔地蹭蹭艾波的肩膀，向她打招呼，也舔了她的臉兩、三次。

他們向對方發出熊吼。艾波將下巴靠上熊熊胸口，吸入牠的氣味。

這是一種像家的氣味。

艾波眨眼，將鼻子埋進熊熊的毛髮，環抱摟住牠，用力嚥嚥口水。艾波什麼都不必說。

熊熊就是知道。

艾波覺得喉嚨堵堵的，她用力注視覆雪的山脈，直到情緒穩定才開口。「我很快就必須回去。」艾波終於勉強說出口。「不是因為我想，而是因為**不得不**。我必須回去上學，才可以通過考試，長大以後，才有證明文件，可以做重要的事情。」

艾波說，「你知道嗎？我根本不用等到長大。我再也不能留給別人。我要**做點**什麼來拯救北極——也許拯救地球。而那個**什麼**現在就要開始。」艾波深吸一口氣。「我不會丟下你，熊熊，我擬了一個計畫。」

艾波將熊熊的臉捧在手裡，他們四目相對。熊熊的巧克力色眼睛溫暖閃亮，凝視的方式讓艾波的心都融化。她原本以為，這輩子不會有人用這一刻的眼神看她。

「這個計畫很危險，可是我們沒有多少選擇。不那樣做的話，就會……唔，不會發生**那種**事。噓。不要緊。」艾波用指尖抹去熊熊臉上的濕氣，搔牠喜愛的左耳下方。「真相是，我很害怕。我永遠沒辦法像你這樣，獨自在這裡生活這麼多年。可是，總比什麼都不做好，你也知道，人類很會什麼都不做。我再也不想當那樣的人。」艾波抬起下巴，裝得更有自信，「所以，即使你認為那是世上最差的點子，你也要保證跟我一起行動喔。」

就在那時，艾波指了指那艘船。

熊熊抽動耳朵，鬍鬚沙沙顫動，突然退開，艾波不得不放手，免得被拋過海灘。熊熊旋即用後腿站起身，像摩天大廈那樣聳立，發出怒氣沖天的熊吼。是艾波聽過最響亮的一次，如果他們當時站在懸崖邊緣，吼聲可能會一路傳到月亮，再傳回來，反覆好幾次。

等熊熊吼完，艾波將手指從耳朵抽出來，挺直身子。「重點是，熊熊，不管你喜不喜歡，我都要做。你阻止不了我，如果你同意，事情會簡單許多——」

熊熊再次放聲大吼，淹沒艾波還沒說出口的話。這一次，連太陽都躲起來，大地顫抖、山脈搖晃。熊熊吼了又吼，狂叫不停，感覺持續好久好久——雖然很難判斷。久到足以讓艾波在倒蓋的船邊坐下，至少玩了十次翻花繩，快速打個小盹。最後，熊熊吼到累得停下來，艾波知道牠就是這樣。

「這是你唯一的選擇，你不能待在這裡。」艾波低聲說。

熊熊將下巴靠在艾波肩膀上，輕輕呻吟，然後舔了她的臉。

「我要帶你回家。」

CHAPTER

22

不想要的驚喜

An Unwanted Surprise

你總是奪走我愛的一切。

You always take away everything I love.

隔週，艾波每天都回到海象灣。爸爸遲遲搞不定一架關鍵儀器——爸爸花在修理儀器的時間，不會注意到艾波做些什麼。艾波因此每天向北方天空的幾兆顆星塵，表達感謝。

最大的挑戰就是食物。即使給予熊熊的配給緊縮，床底下的存糧也差不多快用完了，艾波必須加快速度，確定那艘船在糧食耗光以前準備好。她也需要留下一些糧食，在旅途上用。

到目前為止，她在船上存放了：

- 三罐脆粒花生醬（床底下只留一罐）
- 最後四包燕麥餅乾
- 一罐給自己的番茄湯，三罐給熊熊的燉肉
- 一罐糖漿桃子（艾波不喜歡，但熊熊用讓人無法抗拒的眼神，懇求她帶一些甜點）
- 三顆茴香糖（比較是因為多愁善感的關係，雖然和爸爸冷戰中，還是帶著什麼讓她想起爸爸）

- 兩加侖的水
- 開罐器
- 爸爸的瑞士刀
- 羅盤，指出斯瓦巴的方向
- 那本講北極圈的書，包括一張概略地圖，呈現熊島和斯瓦巴之間的巴倫支海
- 船用防水油布，擋住洶湧的海浪和暴風雨
- 幾顆暈船藥
- 防水長褲和外套，加上一頂防水帽
- 兩雙羊毛襪
- 前年聖誕節，奶奶織給她的毛衣（現在袖子有點不夠長）
- 在廚房櫥櫃發現的一個夾鍊袋
- 木屋的急救箱（她對拿走這個有點不安，要是爸爸受傷了怎麼辦？）
- 她的枕頭
- 最後，那顆心型扁石

有些東西重得艾波不得不找熊熊用雪橇拉，比方說，飲用水。其他東西可以輕鬆藏進背包裡。遺憾的是，她缺少的——也許正是她最需要的——就是救生衣。她改帶那支衛星電話，用來應付緊急狀況，不過這麼一來，爸爸就沒有了，這點讓她很擔心。

修理船隻比較困難。

首先，她必須說服熊熊把船翻過來，再來，她必須修理它。幸運的是，木屋裡有本書可以作為指南，加上對於漁夫在碼頭預備船隻的回憶。她將船內的殘留物清除，用儲藏室找到的砂紙，將刻痕、缺口、凹凸不平的地方磨平，實際做困難多了。日復一日，她回到海象灣，埋頭工作到手臂酸疼、手指紅腫、下背抽痛。

在天氣木屋，艾波找到鐵釘和鐵鎚，她用廢棄小屋的一塊木板，在船裡創造一個小隔間，物品就不會到處滑動。她用一塊軟質的漂流木修理座位。等東西都放上船，最後釘上防水布，抵擋洶湧的海浪、惡劣的天氣，也許甚至防範海象。她擔心好多事，晚上睡也睡不著，最大的憂慮就是怎麼確定船朝北航向斯瓦巴，更不要說回到熊島。她有羅盤，但沒有引擎或船帆，只能仰賴一把船槳，而且必須自己划。

這是個艱鉅的任務。既然，她除了把熊熊留在這裡，沒有其他選擇，也只能硬著頭皮這麼做。

啟程日期訂在九月十日，那是補給品勉強可以撐到最後的期限。

「幾乎沒剩什麼。」艾波跟熊熊說，「我們必須在那個日期離開。別擔心——還有一個星期，希望到時天氣會好一點。」

修理完那艘船以來，熊島被大雨淹沒。不是家鄉的那種毛毛細雨，而是綿密、厚重、斗大的雨水，像針一般削過空氣，一片片掃過島嶼，浪濤像鱷魚一樣昂頭仰立。只要出門，雨水讓艾波冷到骨子裡，最後害她得重感冒，狂打噴嚏，鼻水流個不停。

過去兩天，她都在火爐前的沙發休息。她寧可躺在臥房床上、躲過爸爸的視線，時不時就發現爸爸盯著她。可是她的臥室好冷，腦袋頻頻抽痛，皮膚因為流汗而潮濕，舌頭感覺鈍鈍的。即使她想移動也動不了。她放了一盒面紙以及稀稀的番茄湯，為自己難過，也為熊熊擔憂。

「好消息。」爸說，放下衛星電話。

「嗯？」艾波吸著鼻子。

爸爸當天稍早用衛星電話詢問怎麼修理無法運轉的儀器。艾波推想，這通是工程師回撥的電話。

「剛剛是我老闆，歐森先生，接手人員會比預期的還早過來。」

「什麼？」艾波狠狠打了個噴嚏。「為什麼？」

「他前一份職務顯然比預期提早結束，他很樂意提早開始。意思就是可以回家嘍，艾波。我不知道你覺得怎樣，我準備好來點享受了。想像一下！柑橘果醬抹在暖熱的奶油圓餅上。新鮮烤好的司康，覆盆子果醬。搭配加了鮮奶的研磨咖啡。」

「可是⋯⋯」艾波覺得喉嚨發緊，彷彿被勒住。她的心怦怦猛跳。試著開口講話，話語卡在喉嚨裡。「可是⋯⋯」

司康？柑橘果醬？研磨咖啡？

「我們還不能離開！」

「可是老家比較適合你。」爸爸用奇怪的眼神瞅她一眼，「你難道不想回家嗎？」

「不想！」艾波嚷嚷，又打了個噴嚏，「我需要更多時間。」

「什麼的時間？」

「你在夏天開始的時候，給我這支錶，說是因為*friluftsliv*。你現在卻要把*friluftsliv* 搶走！」

爸爸的嘴巴張開又閉起。

艾波知道自己講的不特別清楚，她不知道要怎麼解釋。她怎麼辦得到？她的腦袋冷冰冰，亂成一團。打從上次那場糟糕的對話，她不再提及熊熊。可是她滿腦子都是熊熊的臉，以及熊熊看著她時，雙眼流露的懇求神情。

最後，艾波哭了，不是哭得醜醜的用力啜泣，而是一顆沮喪的淚滴，違反她的意志，沿著臉頰緩緩流下。艾波怒不可遏，搓掉淚水。「你總是奪走我愛的一切。」

爸爸一臉震驚，彷彿艾波朝他潑了一杯冰冷的水。「沒有這回事。」

「就是有！」艾波喊道，「你以前就把我救回來的老鼠抓走了！」

「因為是老鼠。」爸爸從外套口袋抽出男用手帕，將茴香糖果紙甩掉，遞給了艾波，「不適合住我們家。」

「那動物救援中心呢？」

「什麼動物救援中心？」

「對！」艾波擤擤鼻子，「他們找志工替馬匹清理環境，我需要家長同意書才能到那裡工作。我問你好多次，你一直都不簽名！」

「可是……市中心怎麼會有馬匹？」爸爸試探地收回沾了鼻涕的手帕，「我根本不知道附近有馬廄。」

「因為你不聽我說話！」艾波氣急敗壞大叫，「我想要的，你都不知道！你說我們來北極圈一起生活，可是你騙人！你一直因為媽媽而傷心，眼裡根本沒有我！你不是陷在悲傷，就是埋頭工作！」

爸爸的眉毛滑稽地彈跳著；只要一緊張，他就會這樣。爸爸嘴角抽動。「也許我們可以……回家以後，也許我們可以安排騎馬課程。」

「**我不想要騎馬課程！**」

艾波不是故意發出吶喊，而是自然而然發聲了。如果熊熊在，一定以艾波為榮，因為這是艾波最響亮的熊吼。吼聲震耳欲聾，爸爸嚇得手一震，咖啡往上潑得滿臉。爸爸用沾了鼻涕的手帕抹了抹眉毛，然後吸氣穩住自己，睜大眼睛看著艾波，像是多年來頭一次看到她。

艾波瞪了回去。

那聲熊吼在她胸中漸漸平息，她的心依然砰砰狂跳，血液就像滾燙融化的岩漿，在血管裡湧流。

「那個我已經不在乎了。」艾波以平靜穩定的語氣重複，「我只是還沒準備好回家。」

「艾波？」爸爸伸出手，彷彿要拍拍她的肩膀，轉念一想，又把手縮回，「我本來不打算同意，但是……那場對話，加上存糧……我還以為……我還以為回家比較好，所以……我答應了。」

「那就收回吧！」

「來不及了。」爸爸說：「他明天就到這邊。」

CHAPTER

23

沒時間了

No More Time

我不是故意的。

I didn't mean it.

艾波喜歡這樣想：她比同齡女生更像大人。「我雖然矮，至少不是愛哭包。」可是今晚她氣沖沖大步走進臥房，甩上房門，臉朝下，撲倒在床上，對著枕頭放聲尖叫。

爸爸敲了一次門，然後再敲一次，接著就放她一個人。莫札特的長笛豎琴協奏曲，充滿整個木屋。這首樂曲平靜、安祥、撫慰人心，艾波吸氣吐氣，再次平靜。

單純只是受到驚嚇，只是這樣。

她不是故意要大吼大叫的。爸爸當時臉上的表情！她看過爸爸這麼害怕的樣子嗎？只有那次她在工具棚屋頂上翻筋斗，爸爸嚇得臉色跟床單一樣白。艾波不由自主輕笑，然後停下。笑聲從她口中流洩，就像酸掉的牛奶。

新的氣象學家明天就要來了。

明天！

她可以聽到爸爸打包的聲音。

艾波明確地坐起身來，搖了搖頭，驅走寒意。首先，她把頭往左傾，將寒意透過耳朵瀝乾，再將頭往右偏，去除雜亂的寒意碎片。等腦袋裡的霧氣減少，她打開窗戶，一陣冰冷赤裸的空氣吹進來，對著她的臉狂叫。

終於，她的思緒清晰起來。

熊島沐浴在微弱的向晚陽光裡，雨已經停了，空氣懸浮著水氣。她以後再也看不到這個景象。再也看不到太陽讓大海泛著粉紅光芒。再也看不到天空的杏桃色調。再也看不到地平線上那三座頂峰積雪的山、野生的荊豆叢、上百座藍色湖泊，看不到過去幾個月以來，她探索過的祕密地方。

艾波專注凝視好久，將一切看進眼底，直到頭暈目眩。

放眼看不到熊熊。

無所謂，她知道熊熊聽得見。

「就是今天晚上了。」艾波低語，雙手圍在嘴邊，「半夜船邊見。」

艾波依照熊熊教導的方式，豎起耳朵傾聽。她聽到海浪發出的遙遠雷鳴、海鷗尖鳴、山脈嘆息、土地輕柔吐氣。

就在那時。

來了。

熊熊大吼。

熊吼的震顫在大地彈跳、快速滑行，抵達她的窗戶，敲打她的心門。艾波將熊吼貼近胸口，躺回床上，想像吼聲貫穿體內，從頭頂到腳趾。一陣子之後，她就忘了身體的痠疼感或塞住的鼻子，自己渾身充滿力量。

她渾身注滿熊熊的能量。

船已經準備好了。

現在，她也必須做好準備。

等到大概十一點，艾波套上彩虹雨鞋，將帽子拉得低低的。只剩下最後一件事。她用平底鍋靜靜熱了保久乳，攪拌熱可可粉，寫了個簡短的道別紙條。那是她字斟句酌，思考整晚的結果。

親愛的爸爸，

很抱歉今天對你大吼。我不是故意的。我只是擔心熊熊，而且我說的**是**實話。

我愛你。

艾波

備註：請不要跟過來，太危險。

艾波想不起上一次跟爸爸說「愛他」是什麼時候。打從媽媽過世以來就沒有了。現在才想到這件事，感覺有點蠢。媽媽走了，不代表他們不能愛對方。

雖然他們失和，沒照原訂計畫度過這個夏天，想到爸爸那頭摻著灰絲的亂髮，狂野的眉毛、溫柔的灰眼，她幾乎無法離開。真奇怪。要離開的當下，才突然想到有十億又加一件事情要跟爸爸說。

- 她得水痘，不得不和學校請假三週那次，謝謝爸爸每天送我一小盒巧克力。
- 莫札特的作品裡，她最愛的曲子是《費加洛婚禮》的〈情為何物〉，她聽了會想蹦蹦跳。
- 爸爸應該買給自己幾雙彩虹雨鞋，看起來就不會那麼嚴肅。
- 關於爸爸在大學的工作，還有爸爸到底喜不喜歡，她很後悔沒問更多。

有關媽媽的回憶，爸爸最喜歡的是什麼，也許他們可以一起分享。

可是現在已經太遲了。

她將茶壺、爸爸的馬克杯和那張紙條留在爸爸臥房門口。接著，沒有停下來想太多，便將背包推出她的臥房窗戶，發出小小的悶哼聲，跟著背包一起跳出去。

CHAPTER

24

船

The Boat

他們往上驟升，好高好高，就像風箏。

Up they soared. High, high as a kite.

前往海象灣的路上，又開始下雨，大雨就像厚重的簾幕，傾洩而下。雨水流淌在艾波的頸背，沿著脊椎流，鑽進了她的雨鞋裡。

走到船邊的時候，才意識到自己忘了拿衛星電話，但不能冒險回去。她痛罵自己這麼健忘。

看到熊熊的時候，艾波將臉貼在牠的胸口上。像用柔軟無比的刷毛毯包裹自己，也像身上披了一百隻毛茸茸的貓咪，或是被巨型暖水袋擁抱。幾分鐘後，艾波的牙齒不再打顫。

熊熊聞起來就像所有的動物。帶點野性、麝香，同時也甜甜的，給人安全和撫慰。他們維持那個姿勢好久好久。熊抱是最棒的，持續多久也無所謂。

「我想我們最好出發了。」

船對艾波來說太重，必須仰賴熊熊搬動。但讓熊熊明白又是另一回事，因為牠比較有意願和海浪嬉戲。最後，艾波用肩膀抵住船殼，迫切努力地推，效果不大，難度就跟移動一座山不相上下。頂著滂沱大雨，艾波挫折地猛搥那艘船。

就在那時，熊熊好奇走近，壓低肩膀，推擠船隻，一開始淘氣，彷彿在玩遊戲，後來力道逐漸增強。

艾波如釋重負，吸進胸口的氣很不順。

「加油，熊熊！你辦得到的！」

船還是一動也沒動。船上一次移動是什麼時候？卡住了怎麼辦？太重怎麼辦？要是熊熊永遠困在這裡怎麼辦？

艾波屏氣凝神。

熊熊推得更用力，使盡一頭熊擁有的所有力氣。牠又吼又哼，使勁往上抬。船終於左右搖晃，嘎吱作響，但是依然沒有移動。又是震動又是呻吟，船的聲音有如鐵釘被槌子搥下，以及牙醫的鑽牙機。

熊熊齜牙咧嘴、垂頭，準備用更大的蠻力再猛推一次。

那艘船發出刮磨的聲音，接著又一聲。

「動了！你快辦到了！」

一吋接一吋，船朝海岸邊緣越來越近，直到頭一波海浪拍濺船殼。每次只要前進一點點，艾波就放聲歡呼，現在，她藉機跳進船裡。海水像冰冷的雨水一樣落在身上，她震驚得倒抽一口氣，一時結巴起來。

「只要再推一次，熊熊，我們就能到海面上了！」

熊熊垂下肩膀，使出渾身上下的力氣。猛力一推，船離開海象灣，在海面上起起伏伏。

「我們浮起來了！」艾波喊道，船攀上了第一波海浪，再往下降。

熊熊站在海岸上看著，在那苦惱的一刻裡，艾波以為熊熊不會與她同行，任由她自己漂離。她將手指伸進嘴裡，吹口哨，期待熊熊明白她的訊息。幸運的是，她不需要再問，熊熊跳進海浪，朝她游來。

熊熊到了船邊，爬上船，壓得船岌岌可危，左搖右晃，艾波狠狠擁抱熊熊。放開手的時候，艾波全身濕透，船漂得很遠，在冰冷的灰色浪濤上搖盪起伏。

艾波要固定防水布時，掙扎想起爸爸說不要太靠近海邊。現在已經慢了一步。熊島消失在視線之外。艾波的腸胃翻攪，趕緊把防水布的最後一個結定位。

「上路嘍。」艾波低語，在黑暗中靠向熊熊，交叉手指祈求好運。「下一站：斯瓦巴。」

不知道前後過了幾個小時，這段時間足以讓艾波划槳（比想像的困難多了），吃點冷湯，分享燕麥餅乾；抵著熊熊，蜷起身子，躺在船底小睡。艾波醒來，因為好像在搭雲霄飛車。他們往上驟升，好高好高，就像風箏。在浪尖時，艾波肚子縮得好緊，然後往下猛降。

艾波展開手臂保護自己，但沒什麼可以抓。她緊緊攀住座椅。木頭壓進掌心，腳趾因為寒冷而麻木。船再一次踉蹌。艾波的肚子做了個側手翻，下巴撞上胸口。

熊熊在她前方發出嗚咽。

「噓，不要害怕。」艾波喃喃說，鬆手放開座位，摸摸熊熊臉頰，「我們不會有事的。看，羅盤指向北方。」

船再次飛翔，就像飛機從跑道上起飛。這次他們飛得更高，撞上海浪頂端，然後再次狠狠摔下。艾波壓下尖叫的衝動。

「不要緊。」艾波說，熊熊再次嗚咽，「不會有事的，我快快看一下外面，看我們是不是快到了。」

她的手指凍得紅腫，吃力解開固定防水油布的繩子。她用牙齒啃繩子，直到鬆開，透過縫隙望出去。

「噢，天啊。」

四面八方只見翻騰的灰色浪濤。不是平時沖刷熊島海岸的那種。這些浪濤巨大得不得了，像樹木一樣高聳入天，巨大猙獰，船顯得像是個迷你玩具。

艾波嚥嚥口水。

放眼不見陸地。

什麼都沒有——只有恐怖險惡的海浪跟他們而已。

熊熊縮坐在船的另一端，用一雙巧克力色大眼看著艾波。艾波伸出手，搓揉牠耳朵下面。

「不會有事的。」艾波啪地蓋上防水布，決定不跟熊熊提起滿天烏雲。

CHAPTER

25

暴風雨

The Storm

如果熊熊在她身邊，那些都無所謂。

None of that would matter if she had Bear.

暴風雨以一聲雷鳴作為開場，接著滂沱大雨瘋狂擊打防水布。就像露營一樣——下雨的時候躲在帳棚裡。在帳棚裡，會覺得安全舒適、受到保護。這些感覺，艾波全都沒有。

浪濤越來越洶湧。

艾波不必往外窺看就知道，每次船往上爬，感覺越升越高。狀況不可能更糟吧。可還是發生了。

船飛得如此地高，彷彿爬上通往太空的扶梯，岌岌可危蹲踞在浪尖，左搖右晃，猛地墜回深淵。

艾波早就不再壓抑自己，頻頻放聲尖叫。

再也無所謂了。熊熊恐慌地瞪大雙眼，船裡的氣氛變得緊繃嚇人。一直以來，雨水不停擊打，海浪猛撲、雷鳴大作。艾波爬到船中央，摟住熊熊。他們臉貼臉，熊熊的呼吸吹在臉上熱熱的。

「對不起，都是我的錯。」艾波低聲說。

熊熊用鼻子碰艾波的鼻子，心臟在艾波耳朵底下跳動著。艾波的心在胸口裡悶悶地快速跳著。

「我愛你。」艾波將嘴唇貼在熊熊臉上，吻了吻牠，「我**好**愛你。」

艾波朝熊熊窩得更近，內心深處明白熊熊也愛她。在那甜蜜完美的一刻，一切安全無虞。

接著，那個浪濤來了。

感覺是從海洋深處往上竄起，帶著無情與殘酷，將他們高高拋入穹蒼。船在灰色天空盤旋舞動，懸在半空中，然後狠狠往下墜落，砸在海濤上，發出巨響，上下翻覆。

艾波放聲尖叫。

熊熊大吼。船劇烈砸入水裡，防水布被扯開，船槳被水流引走，船首裂成兩半，海水冰冷得讓艾波倒抽一口氣，結果灌滿她的嘴。她恐慌起來，往外朝熊熊伸出雙手，整個人卻被捲到海面下，探出的雙手只碰到冰冷的虛空。

海水將艾波猛力推向各方。她被拋得頭下腳上，翻到側面，然後又被拋得仰天躺臥。她的彩虹雨鞋被扯掉，海水對皮膚的衝擊讓她哭了出來。

她吞了更多海水，嚐起來像是變味的鹽巴，低溫慢慢凍僵了她的內臟，無所謂。船隻解體，裝備全都沉入海底，都無所謂。

如果熊熊在她身邊，那些都無所謂。

最後，就在艾波認為自己再也無法繼續憋氣時，水流將她推回海面，熊熊就在那裡。她正好可以看到熊熊，可是距離好遠好遠。實在太遠了！艾波再次伸出雙手。

「熊熊！」

熊熊張嘴大吼。艾波看得到嘴型，但聽不到聲音。牠在那裡——氣急敗壞地朝她游來，耳朵往後貼平，露出凶猛的保護神情。

艾波的指尖碰到熊掌，就快到了！就要安全了。

可是大海還沒完。海流繞住艾波的腳踝，將她從熊熊的抓取猛拽開來，往水底下沉。

艾波奮戰不休，揮動雙腿、雙臂，放聲尖叫。

可是海水好冷。

好冷，好冷。

海水不停拉扯，猛吸、猛拽，將艾波拖往更深的地方，進入陰暗混濁的深處，那裡連午夜太陽的光線都照不到。海水笨重、黑暗又致命。那裡不是十一歲女生該去的地方。

在那裡，海水像冰霜一樣在艾波四周落定。

最後，經過漫長艱辛的奮鬥，艾波闔上了雙眼。

冷到刺骨。

一切都……

……陷入了……

……黑暗。

CHAPTER

26

熊熊在哪裡

Where's Bear?

爸爸在哭嗎？

Was her dad crying?

「艾波？」聲音很遙遠——從遙遠的國度傳到她耳邊。「艾波？」

艾波躺在雙層床上，在瀰漫鯖魚氣味的小屋裡。站在她上方的是……

「**爸爸**？」

「艾波！」爸爸的臉皺成一團，往前傾身，一把摟住艾波。爸爸身上有茴香和粗花呢布料的氣味，也有熱可可和家的味道。「我的女兒。」

爸爸終於放開手，似乎為自己展露的情感而震驚。爸爸擦乾眼角的時候，艾波掙扎思考。

有好多事情都說不通。

為什麼她的頭感覺充滿冰山？

她怎麼會回到這裡？這是同一艘貨船吧？幾個月前，他們前往熊島的那艘船。

爸爸在**哭**嗎？

還有別的。

有她不大能確切指出，卻還是非常重要的什麼。是她非得回想起來的什麼。

就在那時，她的頭痛回來了，就像刺人的冰片。她再次滑入黑暗中。

第二次醒來的時候，艾波起初以為四周無人。除了自己刺耳的呼吸聲，以及記不得的夢境之外，什麼都沒有。

有人說話的聲音嚇了她一跳。他就坐在房間另一邊的椅子上，一絲不苟地將手帕摺成小小方塊。「你跑到外頭到底要幹嘛？」

艾波試著回答，腦袋裡的冰四處喀啦滾動。她本來要做什麼？

「你可能會死掉的！」爸爸從椅子上跳起來，大步走向床鋪，往下看艾波，目光直接赤裸，讓艾波想要往後縮進枕頭。從媽媽的葬禮後，她從未看過爸爸表露這麼強烈的情感，想到是因為自己，讓她忐忑不安。

「我知道。」艾波全身上下每根骨頭都在痛，她將手搭上爸爸的手臂，「真的對不起。」

爸爸顫抖，深吸了一口氣，坐在床鋪邊緣，慢慢將手帕放回口袋。然後做了一件他很久沒做的事：他將手搭在艾波手上。一時片刻，兩人沒開口。有時候你不需要把內心的感受化作言語。

「我記得的最後一件事，就是沉入海裡。」艾波小心選擇措辭，「可是之後……只是一片黑。」

艾波試著回想事情經過，可是就像撞上深濃迷霧，越用力回想，頭越痛得厲害。

「我意識到你離開的時候，都已經早上了，船載著新氣象學家跟助理過來。我們到處找不到你，然後……」爸爸清了喉嚨數次，艾波用手指扣住爸爸的手指，「我們看到海灘上的痕跡，發現你把船帶走了。船長覺得不可能，小女生怎麼有辦法把船推到海上？可是那個男孩，托爾，猜中你可能要去哪裡。」

「噢！」艾波驚呼。

艾波的耳裡有嗖嗖聲，就像瀑布，某種響亮、發自肺腑，而且猛烈的東西。

「熊熊！」艾波驚訝坐起身，血液像火山爆發一樣竄過血管。「牠在哪裡?!」

爸爸嘴巴打開又閉上，臉上浮現奇怪的紅。

「不！」艾波將被子推開，踉蹌衝過爸爸身邊，用力拉開門，光腳衝到甲板上。

「艾波！」

風猛力襲上艾波的臉，甲板聞起來髒髒黏黏。船員在附近徘徊，一臉好奇。

「牠在哪裡？」艾波喊道，狂亂環顧四周。「**熊熊在哪裡？**」

狂風呼嘯不停，引擎搏動，艾波全身每個細胞都在痛。海鷗放聲尖鳴，在無邊無際的天空裡飛翔。她沿著甲板奔跑，寒風對著她的皮膚咆哮。什麼都沒有，只有捲起的繩子、油污、撲在臉上的北極冷冽空氣。艾波在船邊，用力張望四面八方的海平線，放眼望去只有空蕩蕩的大海。

「熊熊！」

艾波從欄杆那裡退開，臉龐發麻、手指凍僵，踉踉蹌蹌走到最近的門。笨重的金屬在她背後關上，突然置身於黑暗密閉的通道，往深處左彎右拐。恐慌是沒用的。艾波深吸一口氣，讓自己平靜下來。現在，她可以專心聆聽，認真傾聽——就像熊熊教過她的。艾波豎起耳朵，感官處於全面警戒狀態。

起初，引擎大聲轉動讓她什麼也聽不見，接著……她聽到了什麼，如此微小，差點就要錯過。她專心聽那個聲音，心臟怦怦跳動，沿著通道一路走進昏暗的船艙深處。迎面是另一道關閉的金屬門——這道門由托爾看守。

「哈囉。」托爾說。

匆匆一瞥，艾波幾乎沒注意到托爾。艾波全身滿是恐懼和期待。托爾從口袋抽出一把鑰匙，緩緩打開門鎖，然後往後退。

房間深處，伏趴在地上，被一條金屬長鍊緊緊繞住脖子的，就是熊熊。

CHAPTER

27

勇氣

Courage

再過不久，我兒子知道的北極，就不是我所認識的北極。

Soon, the Arctic I knew will not be the Arctic my son will know.

「熊熊！」

艾波忘了自己身體的痠疼、頭痛，忘了自己還活著有多麼幸運。熊熊讓她頓時忘記所有——連痛楚都拋到腦後。

她衝到熊熊身邊，大動作迅速跪下，手臂使勁摟住牠。就像情緒激動的幼犬，熊熊發出嗚咽，扭動身體，舔了她的臉。明亮的巧克力色眼睛全心看著艾波。艾波將臉埋在熊熊綿柔細軟的毛髮裡。

他們緊抱對方。

艾波終於鬆手退開，熊熊又

舔了她，發出溫柔的低吼。不是生氣，而是喜悅的低吼。是深深滿足的低吼。艾波用雙手捧起熊熊的臉頰，親了親牠的鼻子。

「你打電話問我怎麼去斯瓦巴的時候，我就覺得奇怪。」艾波都忘了托爾就在背後。「有那麼多誇張的問題，你就偏偏挑這個來問。更誇張的是，你找了一艘船，然後付諸行動。」

「我要謝謝你，」艾波的臉貼在熊熊臉頰上，「因為你知道怎麼找到我們。」

托爾盯著他們兩個，彷彿試

著理解看似不合理的事。「我們找到你的時候，你就在牠嘴裡。牠踩著水，你掛在牠的嘴顎外面。我們還以為牠要殺了你。」

艾波體內依然感覺得到冰冷的海水，以及墜入黑暗、深不見底的恐怖感覺。她打了哆嗦，嚥嚥口水，渾身發顫。

「牠救了我，對吧？」艾波喉嚨堵堵的，「熊熊救了我。」

艾波緊緊擁住熊熊，知道說什麼都不夠。即使不說話，她也知道熊熊明白。

艾波終於鬆手，用力看著托爾。「不要跟我說，你們之前是不是打算殺了牠？」

「是我爸爸。」托爾解釋，舉起雙掌作為道歉，「他跟我們不一樣，你必須明白，他跟你不同。在他成長的時代裡，動物是用來狩獵的，不是用來拯救的。況且，我們本來以為我們正在救你。」

「後來呢？顯然有人阻止他對熊熊開槍。是你嗎？」

托爾態度客氣地紅了臉。「不是我，至少一開始不是。」

「那是**誰**？」

艾波沒注意到腳步聲，直到爸爸突然出現在托爾旁邊，就像托爾，爸爸揉了揉眼睛，目瞪口呆地看著他和熊熊。

「是你？」艾波難以置信地說，「你救了熊熊？」

艾波盯著爸爸，彷彿頭一次見到他。粗花呢外套、滿頭亂髮、茴香味，是原本的爸爸——但不知怎麼看起來卻不再相同。

彷彿包圍他的薄薄羊皮紙終於瓦解，血肉之軀的紮實版本終於出現。

「爸，」艾波咧嘴笑著說，「這位是熊熊。」

爸爸動作笨拙跨步上前，伸出一隻手。「很高興認識你……熊熊。」

熊熊朝伸出的手看了一眼，然後呲牙裂嘴。

爸趕緊往後撤退。

「牠只是在說謝謝。」艾波一把摟住爸爸，「我也要跟你說謝謝。」

艾波終於把手放開，爸爸的頭髮甚至比平常還亂，他臉上的笑容，是艾波好多年都沒看過的。

「你現在相信我嘍？我一直想要救牠！讓牠可以回家——回到斯瓦巴，跟其他北極熊在一起。」

「艾波，」爸爸一邊說，一邊摘下眼鏡，小心翼翼看著她，「我一開始就應該相信你的。」

「可是你沒有，你說牠是我幻想的。」

「我錯了。」爸爸柔聲說。

艾波點點頭，試著報以笑容，可是很難，喉嚨像有東西堵住，她覺得自己沒辦法好好說話。

「你知道我為什麼很愛莫札特嗎？」爸爸粗聲咳一下，清清喉嚨。「他是史上最棒的作曲家之一，不是因為他用腦袋寫音樂，而是因為他從心裡寫音樂。當你打從心裡活著，就不可能說謊。」爸爸停頓一下，抹掉可能是眼淚也可能不是眼淚的東西。「我……早該知道你說的是實話，艾波，我親愛的女兒，你就和媽媽一樣，你的心永遠不會說謊。」

就在那時，儘管動作彆扭，爸爸握住艾波的手，還掐了掐。此時，艾波意識到她找回以前的爸爸了。她也同時明白很多事情，這些事情像是翩然起舞、飛快移動的蝴蝶。

可是艾波沒時間多想，熊熊用一聲大吼，壓過了那些思緒。那聲熊吼讓船為之撼動，海洋應聲搖晃，生命隨之轉移和改變。熊熊面帶笑容，輪流看著每個人，那抹笑感覺就像棉花糖和陽光揉在一起。

「牠很開心。」艾波對驚愕的托爾和困惑的爸爸說：「你們要不要也聽聽我的熊吼？」

就在艾波準備發出前所未有的最大熊吼時，貨艙的門猛力打開，船長出現，手裡握著步槍，徑直瞄準熊熊。

「**不要**！」艾波衝到熊熊面前，「不准開槍！」

爸爸趕緊跨步上前，擋在熊熊和艾波前方。「牠很安全。」爸爸用平靜慎重的語氣說：「我女兒完全控制住牠，你可以把槍放下來。」

船長順著槍管望去。「你瘋了嗎？」船長把槍握得更緊，「野生的北極熊誰也控制不了！」

「不，**你**不行，但我可以。」艾波說。

船長臉上的情緒表露無遺，就像凶猛激烈的海況，這一次艾波不怕——有熊熊陪在身邊，她心中充滿勇氣。艾波挺起身子，直直望進船長的眼睛。

「牠是我最好的朋友，不喜歡動物的人是不會懂的。可是你們都看到牠是怎麼救了我。」艾波朝熊熊走得更近，手臂攬住牠的頸部。「你要殺他，必須先殺了我。」

「還有我。」爸爸說，手臂環住艾波。

「還有我。」托爾邊說邊站到他們前面。

「兒子？」船長放下步槍，「這種事你也信？」

「爸。」托爾回答，挺直了身子，「你教過我，大海是一個神祕的世界，人永遠不可能完全理解，一個女生也可能和北極熊變成朋友。所以，是的，我相信。」

船長看著托爾，飽經風霜的面容露出進退兩難的表情，不知道要答應兒子的要求，還是恪盡自己的職守。

艾波屏住呼吸。

「時代已經改變。」托爾用更溫柔的語氣說：「也許我們也應該改變。」

「好，好啦。」船長儘管不大情願，「可是我們應該怎麼做？把熊帶到最近的動物園？」

「熊熊不屬於動物園！」艾波喊道：「我們必須帶牠回斯瓦巴！」

船長驚駭地看著艾波。

「熊島曾經滿滿都是熊。」艾波解釋，「那就是一開始這裡叫『熊島』的原因！現在一隻也不剩。你知道為什麼嗎？因為冰帽融化，熊再也沒辦法過去。我們必須帶牠回家。」

「那為什麼是我的責任？」

「那是我們大家的責任！」艾波喊道，「你不明白嗎？害冰帽融化的不是你，也不是我。是**我們**。如果我們不盡自己的力量，北極熊很快就連一隻也沒有了。」

「爸。」托爾轉向爸爸，「她說得對，重點不只是北極熊，你也說過很多次，海冰每年越退越遠，我們都親眼看到了。」

「你要我救我看到的每一隻北極熊？」

「不是，就這一頭。」

「你以為我不想救北極嗎？」船長惱怒地回：「要救北極，需要的不只是拯救北極熊的小女生。」

「我同意，可是想像一下，如果地球上**每個**人各做一件事。」

「那樣還是不夠。」

「總比什麼都不做好。」

船長一臉沉思看著他們，內心深處似乎角力著——過了好久之後才開口。「我這輩子航行超過三十年，冰帽融化的速度快到讓我難以置信。」他瞄了一眼托爾，一臉若有所思。「再過不久，我兒子知道的北極，就不是我所認識的北極。我這樣做不只是為了你，也是為了他。」

艾波雀躍地握住熊熊前掌，全身忍不住閃射歡喜的光束。

「不過，在我的看管下，我不會讓牠傷害任何船員，必須一直用鍊子拴住，明白嗎？」

艾波點點頭。

船長講完，這艘船便朝北方航行。

CHAPTER

28

斯瓦巴

Svalbard

我們一起冒險犯難好幾次，你終於回到家了，對吧？

We've been through a few adventures together, but you're home now, aren't you?

斯瓦巴美得令人屏息。

它就像陽光照拂的鑽石，在穹蒼底下舞動。天際如此遼闊，彷彿無邊無際。斯瓦巴發出閃光，詠唱其獨一無二的魔法。他們航進斯瓦巴首都——朗伊爾城的主要港口，那裡是全世界最北邊的屯墾區之一。那裡有最後的邊陲、難以想像的歷險，是地球最後的原始淨土。

整趟航程，艾波都待在底艙，黏在熊熊身邊，直到船發出響亮的悶響，停泊在港口。除了船長之外，每個人都先下船。熊熊身上的鍊子被解開，獲准帶到甲板上。艾波感覺自己的呼吸匆匆脫離身體。斯瓦巴是她見過最美麗的地方。距離北極如此之近，空氣瀰漫冰的氣味，清潔、純粹，像夢一般。

熊熊在她身邊瑟瑟發抖。

「這裡就是了，記得嗎？」

作為回應，熊熊頭部一偏，雙眼亮了起來，狀似微笑的表情掠過牠的臉龐。彷彿純粹出於本能，熊熊踩過梯板朝海岸走去。艾波快步趕上。

莉瑟在海岸上等待，她一頭紫色頭髮，帶著法文口音。和艾波一樣，莉瑟也穿紅色雨衣、彩虹雨鞋，臉上掛著大大的笑容。艾波穿著托爾淘汰的衣服，立刻對莉瑟產生好感。

「你就是那位救北極熊的女生。」莉瑟敬畏看著她，「大家都在講你的事！」

艾波漲紅了臉。「我只是做我必須做的事。」

「我明白，」莉瑟張開雙臂，包圍四周美麗但瀕危的環境，「這就是大家來到這裡的原因。為了盡一份心力。這一定就是你那頭可愛的熊吧？」

熊熊在梯板上停頓，好奇嗅聞空氣。再一步，牠就要回家了。微風輕輕吹拂，有東西發出沙沙聲響，移動著。其他北極熊的氣味飄了過來。艾波聞到了，麝香、生機盎然的野性氣味。熊熊豎起耳朵，艾波掌心感覺得到熊熊的心雀躍起來。

「噢，牠真美，對吧？」莉瑟說，「在這裡，牠可以得到妥善的照料，可以在棲地自由行動。」

托爾之前向艾波介紹了北極研究院，挪威政府致力維護和保育斯瓦巴四周區域的組織。

「等牠安頓下來，我們會留意，確定牠在這趟旅程之後的體能與健康。」

艾波點點頭，沒把握自己能好好說話。

「你做了一件非常勇敢的事。」莉瑟溫柔回應，「雖然方法不見得正確，可是牠確實屬於這裡。」熊熊的心在艾波手底下奔馳舞動。熊熊還需要踏出最後一步，才能真正站上斯瓦巴海岸。牠準備就緒，蓄勢待發。

艾波心臟猛跳。「可是我不知道我是不是準備好了。」她吶喊，手指找到熊熊耳後那個柔軟的地方，「真希望可以一直待在牠身邊。」

「我確定牠也是。」莉瑟漾起笑容，「你有過神奇的歷險。回家後，和願意傾聽的人分享你的故事，尤其也和不想聽的人訴說，盡力把遠在斯瓦巴的狀況跟每個人說。北極需要每個人的幫忙，前所未有的需要。」

嗚笛在背後響起，艾波吃了一驚。她本來就知道他們只是稍作停留，但不曉得時間這麼短。時間從她手中快速溜走，她氣喘吁吁想要趕上。

「牠喜歡別人揉揉左邊耳後。」艾波趕緊說：「牠開心的時候，會躺著滾來滾去，希望別人揉揉肚皮。」她用力遞出最後一瓶花生醬，是爸爸從她床底下拿來的。

「牠很愛這個。」

莉瑟接過罐子，緊緊握住。「我會盡可能把牠照顧得跟你一樣好。要記得，牠是野生動物。等牠回到族群，就不再需要和人類接觸。」莉瑟若有所思端詳艾波。「事實上，能和一隻野生北極熊建立牽絆，是很不尋常的事。我從未看過這樣的情況。」

艾波一時開不了口，點了點頭。

「你離開前想拍張照片嗎？就你們兩個？我可以用電子郵件寄給你。」

莉瑟拿出一台高解析度數位相機，這台相機專門拍攝放在研究院網站的照片。熊熊用後腿仰立，強大有力、氣宇非凡，一掌溫柔搭住艾波的肩，艾波倚向熊熊懷裡。

拍下照片的瞬間，艾波對白色閃光眨了一下。

莉瑟揮動雙手道別。「我想你們的船準備要出發了。」船再次大聲鳴笛。為了給艾波一些空間，莉瑟往後退到保育中心。

艾波眼前只剩熊熊。

「嗯，熊熊，時間到了。」

艾波心跳加快，可以感覺到熊熊的心跳也加快。打從抵達這裡以來，熊熊頭一次將注意力從斯瓦巴移開，回到艾波身上。

「熊熊？」艾波雙手捧住熊熊的臉，雙方四目相對。巧克力色眼睛閃閃爍爍，融化，注入艾波眼裡。艾波眨了幾次眼，把熊熊看個清楚。「我們一起冒險犯難好幾次，你終於回到家了，對吧？」艾波低聲說，「你感受到了，我看得出來。然後……現在我也必須回家了。」

熊熊嗚咽，發出低沉痛苦的呻吟，艾波的心撲撲跳。熊熊輕推艾波的臉，艾波雙臂摟住熊熊。

艾波將臉貼上熊熊的臉頰。「你在這裡會好好的。瞧！會有人好好照顧你。莉瑟很可愛，她說你是野生動物，如果你需要別人摸摸抱抱，就來找她，好嗎？我會寄一些花生醬給你，不要吃太多，不然會變胖喔。」

他們往彼此貼近，熊熊耳朵抽動。船再次鳴笛。時間匆匆過去，速度加快，越來越短，奔馳得跟她的心臟一樣。艾波將熊熊摟得更緊，吻牠一千次，感覺內在的什麼斷裂了。

「我愛你，熊熊。」
她終於放開了手。

CHAPTER

29

最後的熊吼

The Last Roar

是最大，也是最棒的一次擁抱。

It was the biggest, best hug of all.

熊熊走了幾步，回到所屬的島嶼。艾波的船開始慢慢駛離。她站在甲板上，守在船尾，胳膊和雙手往外伸向大海，作為告別。熊熊在海岸上，困惑的視線追隨著船。畢竟，熊熊是野生動物，不完全明白艾波為什麼要拋下牠。

「**熊熊**！」艾波呼喊，彷彿整顆心都碎了。「**熊熊**！」

現在，船的航行速度加快，船後留下白色浪濤，越行越遠。熊熊一直在海岸上，身影越來越小。

「熊熊！」艾波從內心深處放聲尖叫，「熊熊！」

痛苦從艾波不知道的地方升起，就像浪濤一樣往上衝，接著像雷鳴一樣滾過。宇宙深淵出現一道裂縫，某個東西碎成數不盡的碎片。艾波知道不管自己多努力尋找，永遠無法把這些碎片全部找回。

沒了熊熊，她要怎麼活下去？

怎麼活下去？

這甚至不是疑問，因為沒有答案。這是一聲從存在深處發出的吶喊，直到現在她才知道這部分的存在。其實一直都在。

彷彿她的靈魂從身上被扯開。

不能再撫搓熊熊。不能再把臉埋進牠柔軟的毛髮裡。不能再看到牠抽動耳朵。不能再看到牠咧嘴笑，躺在陽光下翻滾。不能再感覺牠濕濕的鼻子貼在她的皮膚。不能再感覺牠的舌頭舔著她的雀斑。不能再看到牠從海裡蹦蹦跳跳走出來。不能再騎在牠背上，登上山峰，感覺自己是地球上最幸福、最被愛的女孩。她怎麼可能開心得起來？

時間滴滴答答往前走，到最後，熊熊再也不是她生活的一部份？

「我辦不到！」艾波啜泣，「沒有牠，我活不下去。」

這種悲慟如此巨大，如此猙獰，如此醜陋。艾波依然看得到熊熊，身影越來越小。不是她那頭體型龐大的熊熊，而是越縮越小的。太小了！就在眼前即將消失。

「熊熊！」艾波再次吶喊，因為痛苦而啞著嗓子，「**熊熊！**」

她勉強還可以看到熊熊在海岸上。熊熊用後腿拉直身子，張開嘴巴，發出最後一聲深長的熊吼。吼聲盤旋、舞動，穿越海濤奔馳而來。吼聲迅速掠過海面，追趕

這艘船，最後抵達艾波身邊。

熊熊的吼聲。

熊熊**最後的**吼聲。

艾波雙手牢牢抓握這聲熊吼，彷彿是全世界最寶貴的東西。她緊緊抓住，永遠也不會放手。淚水淌下她的臉頰，她眼睜睜看著熊熊消失在視線之外。

「不要緊，牠現在安全了。」一隻溫柔的手停在她的手肘上，「艾波，我的女兒，我寶貝、親愛的女兒。」

艾波匆匆轉身，將臉埋在爸爸的粗花呢外套裡，這件外套不曾這麼熟悉，這麼撫慰人心。艾波維持同樣姿勢許久，爸爸不停搓揉她的頭髮；艾波哭到幾乎無法呼吸，雙眼痠痛紅腫。最後，艾波的啜泣逐漸退去，呼吸逐漸穩定。爸爸好不容易等到這時才將手帕遞給她，讓她擤擤鼻子。

「牠會好好的吧？」

「你救了牠，艾波。」爸爸蹲下，跟艾波同高。「現在牠可以好好生活。過一個適合北極熊的生活。」

「可是……」艾波顫抖深吸一口氣。「要是牠沒辦法習慣和其他的熊相處？」

「這不就是牠想要的嗎？回到牠所屬的地方？再也不會孤孤單單困在熊島？」

「嗯。」艾波用細小的聲音回答。

「你把牠帶回真正的家，讓牠可以存活下來。我想牠會很快樂的，你不覺得嗎？」

艾波吞了吞口水，嚥下淚水。「可是……那我呢？」

「牠不會忘記你的，牠怎麼可能忘了你？你救了牠。」

「我不是那個意思。」

「那是什麼呢？」

「**我**怎麼快樂得起來？」艾波將眼淚眨回，「你就一直走不出來……」

爸爸猛地吸了口氣。「你是指媽媽嗎？」爸爸深深嘆氣。「大人有時候還滿盲目的。我眼前有個最美妙、最勇敢的女兒，從現在起，我們會是一個真正的家庭，我會真正擔起爸爸的角色。」

艾波試著擠出笑容，可是頂多只能啜泣。

「我們搬到海邊，住離艾柏絲奶奶更近，你覺得怎麼樣？我們找一棟不錯的平房，你到當地那些看起來滿友善的學校上課。」

「可是你在大學的工作怎麼辦？」

「我打算遞出辭呈，我想我……可能改跟那邊的大學申請。聽說有家大學在找人研發堆肥的材料，用來取代塑膠。」

「你會表現得很好，」艾波想到爸爸有多聰明，然後輕拍爸爸手臂，「放心吧。」

「到時我們會有更多時間相處，」爸爸對她微笑，雙眼像星星那樣閃爍，「我保證。」

艾波仰頭望向爸爸，明白爸爸不只用語言，更用沒說出口的一切來表達心意，話語變得如此特別，艾波的精神為之一振。住在海邊，就在奶奶附近，聽起來很不錯；想到在沒有熊熊的情況下離開北極，她的肚子有如鉛一樣沉重，但至少她跟一個貨真價實的爸爸離開。

「我們下次過去的時候，我再傳照片給你。」托爾說。

艾波根本沒注意到托爾也在場。她無法想像自己現在的模樣：滿臉通紅、面色斑駁又沾滿鼻涕。她不在乎。

「真的嗎？」

「當然，你想要多少照片我都寄給你。我寄的照片會多到你可以做成壁紙。」

「好啊，太好了。」

「也許有一天你會回來。」托爾睜大藍眼，綻放笑容。

「噢，我會的。我絕對會。等我年紀夠大，我要搬到這裡，在北極研究院工作。」

「不知為何，我不懷疑。」

「總是要有人來救援北極熊。」艾波挺直身子，眺望大海。

語畢，艾波張大嘴巴，放聲吶喊。

艾波學會怎麼發出真正的熊吼——不再是小女孩的吼叫——她把最棒的熊吼留到最後，這聲吼叫前進、舞動、掠過水面，一路抵達斯瓦巴。

熊熊還在岸上等候，威風地後腿仰立。牠豎起耳朵，鼻子抽動，可能因為吹風或其他緣故而雙眼泛淚。艾波的熊吼在海浪上彈跳，登島，最後落在熊熊腳邊。熊熊佇立片刻，讓那聲吼叫包圍自己，就像艾波身型大小的最後一個擁抱。是最大，也是最棒的一次擁抱。熊熊四腳著地，蹦蹦跳跳離開，投入自己的新生活。

作者的話

當初《最後的北極熊》起稿的時候，腦海裡有個單純的念頭，就是要書寫我在世界上最愛的所有事物。那就表示要寫關於動物的事，特別是抱起來很舒服的大型動物；尤其是孩子跟動物之間的特殊友誼；在動物的心跟我們的心之間，形成深深的羈絆，創造恆久的愛。

另一個主要的創作素材就是我對這個星球的熱情——不只因為它多麼壯觀跟神奇（它真的是！），也因為它需要我們守護，無論是大人物或小人物，都可以激起希望並創造改變。過去幾個月以來，世界上發生了一些不可思議的事件，能夠提供充滿真心、善意和溫暖的書，比起以往更為關鍵。

很重要的是，我要強調《最後的北極熊》是虛構的作品，小說穿插著幾項事實。最先浮現在我腦海的是「熊熊」這個角色。我不記得牠是什麼時候出現，或是怎麼出現的，牠突然用深巧色力色的雙眸望著我，臉上掛著孤苦懇求的表情。我向來覺得動物是無法忽視的，尤其是像熊熊這樣壯美、高貴和心胸寬大的動物。牠有個故事要述說，而我顯然就是故事的代言人。我當時對北極熊的認識並不多，於是我做了點功課。首先，熊熊住在哪裡呢？

我跪在臥室地板上，北極圈地圖攤在眼前，我在巴倫支海裡找到一座小小的島。**熊島**。

當時我真的驚喜得發出尖叫，一看就知道，用這裡作為書的場景再適合不過。當我查出更多這座島的歷史，以及至少長達八年已不見北極熊時，艾波急著帶熊熊回家，回到斯瓦巴，突然變成唯一可以述說的故事。

真正的熊島幾乎如同書中描述的，但並非百分之百相同。地理位置和面積相同，除了天氣觀測站之外確實無人居住。不過，現實生活中的熊島，天氣觀測站由一組十一人團隊營運，而不是一位父親跟女兒。（我很確定他們解讀天氣的方法比我描述得科學許多！）任何虛構作品多少都必須按照故事需求形塑場景，我擅自更動了這座島的地貌和其他幾個面向，以便符合敘事內容。真的有個海象灣——這不是我編出來的，以及即使熊島這麼偏遠，沖上海灘的塑膠製品依然多得令人詫異。除此之外，如果有任何誤植都是我的責任，我預先致上歉意。

當然了，我也擅自構造熊熊這個角色。雖然抱起來很舒服，現實生活中的北極熊是極度危險的野生動物，我永遠不建議大家真的嘗試跟北極熊做朋友。

不過，北極熊有個非常特別的地方。北極暖化的速度是地球其他地區的兩倍，悲傷的是，北極熊首當其衝——牠們常被稱為氣候變遷的典型代表，這不意外。更悲傷的是，根據國際自然保育聯盟（IUCN），北極熊的數量到二〇五〇年將大幅減少。

針對海冰正在融化的數量和速度，有些爭議。因為海冰隨季節擴張與收縮，測量並不容易。但根據美國國家航太總署長達四十二年的衛星紀錄，北極消失大約一百萬平方英里的海冰。另一項統計數據則是每十年減少近百分之十三，斯瓦巴和巴倫支海冬季最為明顯。

二〇一九年，有人在熊島目擊到北極熊，那是反常的現象，隨著北極海冰持續融化，北極熊無法抵達這座以牠們為名的島嶼。遺憾的是，這也讓北極熊在斯瓦巴上的避難所受到威脅。

如果不是因為那些勇敢、熱情和神奇的下一代，這一切聽起來實在十分令人沮喪。我創作這本書的時候，關於氣候變遷的童書大多都是走反烏托邦的路線。我相信現在還不算太晚，這就是為什麼我很想講述一個即使年紀還小的女孩也可以帶來巨大影響的故事。你不必像艾波那樣獨力拯救一隻北極熊（我不建議！），我希望這本書可以鼓勵每位讀者，相信自己也幫得上忙。

如果像我一樣，你也愛上熊熊，那麼幫助北極熊、保護我們這個美麗星球，最好的方式就是盡你所能抵抗氣候變遷。

熊吼一聲，我知道我們可以做出改變。

獻上多如一頭巨大北極熊的愛，

漢娜 x x x

參考資源

最後，這裡有一些我研究過程中使用過的資源，我想你可能會覺得有趣。

你可以透過「**國際北極熊**」（Polar Bears International）這個慈善機構認識更多關於北極熊保育的事，這個機構努力保育北極熊和牠們的海冰之家。這裡有他們的文章、研究與很多關於北極熊的故事。

www.polarbearsinternational.org

你可以在這裡讀到**世界自然基金會** World Wide Fund for Nature，簡稱 WWF 的消息，了解他們目前協助北極熊和其他瀕危物種的行動，以及可以怎麼幫忙。

www.worldwildlife.org

挪威北極研究院（The Norwegian Polar Institute）真實存在。

www.npolar.no/en/

如果你想查詢熊島（Bjørnøya），這個網站非常實用，有天氣觀測站和海象灣（Kvalrossbukta）的照片。你也可以去Google 地圖自己瞧一瞧。

www.spitsbergen-svalbard.com/spitsbergeninformation/islands-svalbard-co/bjornoya.html

致謝

我永遠不會忘記初次跟 HarperCollins 出版團隊碰面的那一刻，就在他們俯瞰泰晤士河的時髦倫敦辦公室裡。大家打完招呼，坐在辦公室小隔間，知名作家的精彩書籍團團包圍，他們問起我的靈感來源，我立刻哭了出來。

我分享熊熊這個角色如何在我人生特別痛苦的一段時光後浮現，如何貼近我的心。大家陷入一陣沉默，似乎面面相覷。「啊，」他們終於開口，「難怪牠會這麼特別。」

那一刻，我便知道這裡將是個完美的歸宿，不只對熊熊，對我也是。

我要用熊吼般的渾厚嗓音道謝，感謝英國 HarperCollins 童書部門的美妙團隊。感謝 Ann-Janine Murtagh、Nick Lake、Samantha Stewart、Val Braithwaite、Alex Cowan、Jo-Anna Parkinson、Tina Mories、Carla Alonzi、Victoria Boodle、Kirsty Bradbury、Elorine Grant、Laure Gysemans、Bethaney Maher。無限感激列文・平弗德，他的創

作令我驚豔。你這麼用心，以細節和愛賦予熊熊生命。我覺得自己是全宇宙最幸運的女孩。

我要對兩位在大西洋兩岸的神奇編輯——Erica Sussman 和 Harriet Wilson ——獻上衷心感謝。我好感激你們始終如一的支持、你們對熊熊的愛以及對我的信心。（我依然不大相信這一切進行中！）

也要感謝我的夢幻經紀人 Claire Wilson，感謝你在一封充滿喜悅的電子郵件裡，翻轉了我的人生。很高興現在以及未來有你陪在我身邊。你是最棒的。

另外也要感謝（沒有特定順序）：Tamsyn Murray 身為《最後的北極熊》的首位讀者，感謝她給我信心，讓我知道我走對了路。感謝 Sophie Hannah，謝謝她絕佳的「夢幻作者課程」（Dream Author Programme）以及她的智慧。感謝摯友 Alison Puro，我在倫敦寫下第一個字時，有你陪在我身邊，感謝你更早之前提供我寫作上的支援，謝謝你在那個星期握住我的手。感謝「靈魂聖所」（Soul Sanctuary）每個成員。謝謝 Marie、Monica、Sarupa 幫助我相信自己。感謝我的好友們——Amanda、Rachel、Eloise、Donna 、Flojo、Sarah H 和 Keidi ——支持我，在我自己看不出來的時候看到了我的火花。感謝 Frashnah 團隊—— Fran Gibbons 和 Aisling Fowler ——可以跟你們同享這場歷險，真有趣。感謝 Gillian Gamble ——你知道為什麼！感謝 Debut 20 的臉書群組，我不知怎地滲透進去。

從我開始聊起熊熊以來就不曾停歇，最後要感謝從一開始就為熊熊加油打氣的每個人。你們的能量給了熊熊能量。你們的熊吼給牠力量發出熊吼。

毋庸置疑，我一定會提到我父母，他們永遠相信著我，用諸多方式支持著我。當我找到經紀人，他們說：「我一直知道你辦得到。」，他們是全世界最棒的父母。我們家不習慣將「我愛你」掛在嘴邊，但我真心愛你們。特別感謝我的兄弟 Jonathan 和他女友 Nicki，感謝我才華洋溢的小舅子 Peter，他一直告訴我「這只是個開始」。（我也希望是這樣，因為我還有很多故事要說！）感謝我可愛的繼子 Connor，還有兩邊的姑姑阿姨、叔伯舅舅——包括 Chris 那邊的，感謝我們的美國認養家庭朋友 Marilyn McKnight。

也感謝那些不在這裡的人，我知道你們在另一邊為我打氣——我的祖父母以及我深愛的公公。如果不是因為愛動物，我的故事也不會存在，所以要感謝我深愛的貓咪Gremmie，謝謝她給我毛茸茸的擁抱，謝謝我們家的寵物陸龜Arthur，謝謝他幫我不要這麼嚴肅看待人生，尤其是他嘴邊掛著萵苣葉子時。

要是我不提一下丈夫，我想他下半輩子再也不會跟我講話，我要向我的靈魂之交Chris致上超級巨大的感謝。在那棵柳橙樹下遇見你，是我這輩子最棒的經歷（本身就值得寫成故事），雖然一切並非照我們希望的發展，但我知道我們的人生因此更無限也更豐富。你是我最大的擁護者和啦啦隊員，雖然你還沒讀這本書，但我很愛的是，你每次提起熊熊的故事時，雙眼都會泛淚。你是我所能祈求的最好丈夫。

當然，謝詞可不能不感謝熊熊。向我的主角致謝聽起來可能很奇怪，但牠能將自己的故事託付給我，是最不可思議的榮寵，不只是身為作者，也身為人類。

你在我心中成長，填滿了我原本不知道的空虛。你現在進入廣闊的世界，我希望親愛的讀者也會跟我一樣，漸漸愛上你。（請大家不要餵牠太多花生醬，好嗎？）你代表的不只是一隻，而是全世界的北極熊，牠們現在迫切需要我們的愛和保護。你讓我們看到人類和動物之間的連結，距離只隔了一個心跳。

我誠摯希望牠不是最後的北極熊。

一本書絕對不是單打獨鬥的成果，在我停筆之前，特別要感謝所有神奇的部落格主、書商、老師、圖書館員以及其他才華傲人的作者們，他們讀了前期書稿，用讚美讓我心潮澎湃。感謝你們幫忙熊熊起飛，讓熊熊如我衷心冀望的發揮影響力。

最後，感謝我親愛的讀者，這本書最終獻給大家！我們住在一個瞬息萬變的世界，有時候會讓人感到害怕。我希望你們從艾波的故事得到力量，持續看見我們星球的美麗。我打從心底感謝你們閱讀我的作品。

對我來說意義非凡。

暖心導讀

〈修復中得以讓愛甦醒〉

——小兔子書坊　黃淑貞

青少年的隱性孤單從來就不是單方面的問題，而是與家庭、校園與社會聯合衝撞之下，彼此影響形塑的心靈與行為狀態。處於青春風暴時期的青少年，與外在的人與環境的關係，猶如物理學裡的量子糾纏。在量子世界裡，兩個粒子彼此靠近，糾纏一起後，將失去彼此的獨特性，逐漸融合成一個整體。只要兩個粒子維持糾纏樣態，整體性將不會消失。換句話說，只要任一個粒子受到干擾，其他粒子的狀態也會遭受到相當程度的變動。

《最後的北極熊》如同一般青少年小說，取材探討成長主題，書中女孩艾波與父親的相處猶如兩座孤島，彼此橫亙著廣袤的海洋，只能遙望。然而，父女之間如同兩個粒子的糾纏現象，即使如此遙遠，卻又是彼此心靈的羈絆。父親藉由忙碌工作的偽裝掩藏失去妻子的苦痛，以為孩子一切安好；艾波獨自承受同儕異樣眼光，以為父親會成為保護她的碉堡。然而，這座碉堡本身早已千瘡百孔，不知何時將會崩塌。渴望愛的兩人，依舊選擇遙望。

接著，艾波隨著父親來到遙遠熊島——曾經有過許多北極熊蹤跡的北方無人島嶼。熊島上的空無雪白，冷冽地貌，映照出艾波與父親的暗黑孤獨感。對父親的疏離、輾轉難安的心，又渴望父親的陪伴，猶如一波一波的暗潮，不斷侵蝕艾波的內在意識。直到艾波與熊熊——熊島上最後一隻北極熊相遇。

其實，熊熊也是一座孤島，僅能獨自遙望遠方的家。因為氣候變遷，導致無奈困在熊島；因為海廢漂流，手被繁複繩索糾纏，腫脹灼熱感導致怒火燃燒。艾波與熊熊對未來的絕望像是傷口裡的膿水，不斷向彼此滲透而來。相遇當下都是被恐懼攥在手裡，而就在那一刻起，艾波與熊熊也已成為量子糾纏裡的一個整體，彼此相互影響。

書中要處理的最大難題是該如何讓這三座孤島不再遙望，得以橫跨海洋，拉近彼此的距離？於是，艾波回憶起愛動物的母親。相處過程裡，艾波不斷對照母親與自己的天賦，竟然在一次次探望熊熊的過程中，慢慢與自己和解。相遇的瞬間就像一場美夢，體內沖刷而過的是一股暖流，原來暖流是來自於母親對待動物的友善與耐心，牽引出每一個關於母親的善良。父母親的那抹微笑早已遺忘，卻依舊在內心深處深鑿屬於這個家的獨特美好記憶。隨著艾波與熊熊的熟稔，暗黑的孤單感逐漸有了色彩。另一個難題將會是如何協助熊熊回到遙遠的家人身旁？無論未來是如何困難重重，艾波都會勇往直前，成為熊熊的唯一陪伴者，因為她始終明白孤獨的苦澀。

勇敢的艾波不再被動等待，選擇獨自橫跨海洋，主動出擊找尋熊熊的家。這一趟旅程表面上是為了協助熊熊，更象徵著艾波追尋自我的旅程，想盡辦法橫跨父女之間的冷漠與孤獨，同時也建立物種之間的信任與友善。最終，這一趟旅程是修復關係的歷程，修復艾波自己的心，修復艾波與父親的愛，同時也修復了人與北極熊的親密關係。

《最後的北極熊》不只想要從生態面討論人與北極熊的關係，更大的亮點在於討論如何修復家庭的傷口，而一旦成為家人之後，彼此的纏繞關係就已抵定，得嘗試融合成一個整體。無論是哪個世代的青少年都有著迷惘與孤單的感受，大人也無法逃避；同樣的，大人的情緒狀態，勢必也會波及到青少年的生活。如同艾波與父親嘗試修復關係，因為他們已是一個整體，得在修復與陪伴的旅途中，讓彼此的愛得以甦醒！

真摯推薦

成長小說在「青少年小說」文類中佔比相當多。最早出現在啟蒙時代的德國，教導青少年隨主角從蒙昧成長到懂事。詩人楊佳嫻在《臺灣成長小說選增訂版》序論，也曾點明清末民初文人「將『少年』視為新生命勃發的意象，賦予改革的意義」。

《最後的北極熊》時間跨度只有半年，但艾波這一趟北極之旅，故事結構符合青少年年代—漫遊年代—師傅年代的模式。從排拒學校和被同學排拒，隨著父親遠赴北極，最後被北極研究院傳頌和讚揚。情節架構完善，描寫艾波父女倆的心境起伏、北極奇景和北極熊身心，優美流暢，好看極了。

我讀後縈繞不去的是對啟蒙時代的反思，故事控訴的恰是啟蒙時代後濫用工業文明的人類。「知道何時得以行動，依靠的不是邏輯。」無論邏輯有多縝密，有的時候我們被迫付出行動。

漢娜．戈德把亞里斯多德修辭學三要素：品格（ethos）、情感（pathos）和邏輯（logos）都寫進《最後的北極熊》，深切感動著我。

——小茉莉親子共讀　顏銘新

原以為可以跟爸爸在北極享有溫馨時光的艾波，看著爸爸依舊埋首於研究之中，艾波只好獨自探索小島，為自己找尋生活樣貌。在遊蕩中發現因為冰帽消失而無法回家的北極熊，受傷無法覓食又體弱的牠極需照顧。

熱愛動物的艾波決心拯救熊熊，也跟熊熊展開了一場在小島的奔馳探索之旅，風吹過彼此的身體，陪伴的時光撫慰了艾波寂寞的心，互相成為了心的安放之處。艾波與熊熊的珍貴友誼，帶來了父女之間的和解，也帶來人類對動物的關懷。愛，於是願意彼此理解。

——嶼伴書間　蔡青樺

北極冰帽正在快速消融，迫使北極熊無法回到牠們的家園。小女孩艾波以她最純真的心靈，勇敢地協助熊島上唯一一頭北極熊踏上回家的旅途。

本書充滿了緊張刺激的冒險情節，同時也刻畫了人類與動物之間深厚的情誼。通過艾波與北極熊的故事，書中不僅呼籲我們關注環境變遷，更激發了保護地球的迫切使命感。這是一本充滿感動與啟示的作品，讓每個讀者深思我們與自然的關係。

——戀風草青少年書房　邱慕泥

explorer 003

最後的北極熊 THE LAST BEAR

作　　者　漢娜．戈德 Hannah Gold
繪　　者　列文．平弗德 Levi Pinfold
譯　　者　謝靜雯
副總編輯　林祐萱
責任編輯　陳美璇
校　　對　林映妤
美術設計　劉醇涵
排　　版　唯翔工作室

出　　版　有樂文創事業有限公司
地　　址　104 臺北市中山區中山北路 3 段 36 巷 10 號 4 樓
網　　址　www.facebook.com/ule.delight
電子信箱　ule.delight@gmail.com
電　　話　(02) 2516-6892
傳　　真　(02) 2516-6891

發　　行　遠足文化事業股份有限公司（讀書共和國出版集團）
地　　址　231 新北市新店區民權路 108-2 號 9 樓
電　　話　(02) 2218-1417
傳　　真　(02) 2218-1142
電子信箱　service@bookrep.com.tw
郵政帳號　19504465（戶名：遠足文化事業股份有限公司）
客服專線　0800-221-029
網　　址　www.bookrep.com.tw

法律顧問　華洋法律事務所 蘇文生律師
印　　製　通南彩色印刷股份有限公司

定　　價　新台幣 380 元
初版一刷　2024 年 10 月

國家圖書館出版品預行編目

最後的北極熊 / 漢娜．戈德（Hannah Gold）著；謝靜雯譯 . -- 初版 . -- 臺北市：有樂文創事業有限公司出版；新北市：遠足文化事業股份有限公司發行 , 2024.10
面；　公分 . --（explorer；3）

譯自：The lost whale

ISBN　978-626-99004-0-4（平裝）

873.59　　113013081